庶民魔王は隠しきれない実力者！
～目立たないように努力したけど
強すぎてモテモテになりました～
大石ねがい
Negai Ooishi
illust:黄ばんだごはん
KiNG novels

グレンを慕う姫騎士
エルアナ
・ディ・リブロジニア
元・最強魔王
グレン

完璧メイドなエルフ
グラシアヌ
腕自慢の仙人少女
チェンシー

「んくぅっ！　イって、んはぁっ！　あっあっ♥　だめ、だめですっ！　そんなにあちこち気持ちよくされたら、わからなくなっちゃいますっ♥」

庶民魔王は隠しきれない実力者！

〜目立たないように努力したけど強すぎてモテモテになりました〜

大石ねがい

illust：黄ばんだごはん

KiNG novels

～目立たないように努力したけど強すぎてモテモテになりました～

庶民魔王は隠しきれない実力者！

contents

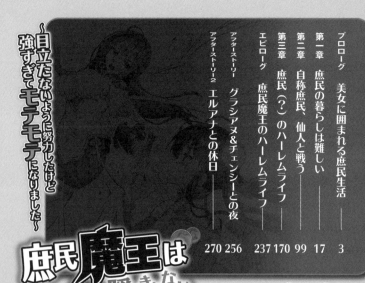

プロローグ　美女に囲まれる庶民生活

新たに区画整理された街中に立つ、ある新築の一軒家。

これといって特別でもないその家の、これもまた特別ではない寝室なのだが……。

その大きなベッドには、しかし三人の美女がいた。それも、みんな全裸だ。

「ほらグレン、早く来て♪」

そう声をかけたのは、姫騎士であるエルアナだ。

彼女のことは、お互いが幼かった頃からよく知っている。

出会ったときはまだ小さな女の子だった彼女も、今では立派な女性に成長していた。

細い手足にくびれた腰、なによりたわわに実った果実が、グレンを誘うように揺れている。

「グレンのここ、もう大きくなってるね」

その隣ではチェンシーが、グレンの肉棒を嬉しそうに見つめながら言った。

彼女は最近までずっと、自分より強い相手を探して旅をしていたとかで、その体もかなり引き締まっている。足や腹筋もしっかりと鍛え上げられている身体だが、おっぱいだけはふわふわと柔らかく弾んでいた。

容姿がというよりも仕草に幼さを残す少女で、いつも無邪気にえっちなことを楽しんでいるように見える。そんな魅力的なふたりに呼ばれて、グレンはベッドに上った。

「ご主人様♥　まずは私がご奉仕しますね♪　はむっ」

しかし、いち早く近寄っていたもうひとりの美女が、グレンの肉棒をいきなり咥え込んだ。

彼女はエルフのグラシアヌ。

従順なメイドとして、グレンに仕えている。

戦闘を得意とするエルアナたちに比べれば、その身体は全体的にむっちりとしていて柔らかい。

とはいえ決して太いわけではなく、腕や腰などは折れそうなほどに細い。

それでいてお尻には適度な肉付きがあるから、とても女性らしいフォルムの持ち主だ。

そしてなにより、三人の中でいちばんの爆乳の持ち主でもある。

ふるんっと震えるその乳房は、思わず目を引き寄せられる逸品だ。

「あっ、もうグラシアヌってば」

勝手に肉竿に吸いついた彼女に文句を言いながら、エルアナもグレンへと近寄ってくる。

「あんっ♥」

グレンはそんな彼女を片手で抱き寄せ、無防備なおっぱいへと手を伸ばした。

むにゅっと指を受け止めたその胸を、優しく揉みしだいていく。

「もうっ♪　いきなりそんなことして」

咎《とが》めるような言葉とは裏腹に、エルアナも笑顔でグレンを受け入れる。すると……。

「あっ、ふたりともずるい！　あたしも、あたしもっ！」

そう言ったチェンシーがグレンへと飛びついて、大きな胸が押しつけられる。

「もうチェンシー、いきなり抱きついたら、ちゅぷっ！　危ないでしょう？　ご主人様になにかあったら、どうするんですか。れろっ！」

「大丈夫だよ。グレンはあたしが飛びついたくらいでぐらつかないし」

フェラを続けながら注意するグラシアヌに、チェンシーが楽しそうに返す。

「咥えながらの注意って、説得力なさすぎじゃない？」

そこに、エルアナがつっこんだ。

「そう言うエルアナも、俺に胸を揉まれてとろけながらだけどな」

「あんっ♥　揉まれてるのは、仕方ないもの。んっ。ちゅっ！」

そのまま彼女はキスをして、舌を絡めてくるのだった。


こんなふうに。

裸体の美女三人に囲まれているグレンはしかし、自称「ただの一般庶民」だ。

それこそ説得力皆無な状況なのだが、自分ではそのつもりだった。

つもり……というのも、もちろん訳《わけ》がある。

実際にはついこの間まで、魔族の頂点に君臨する「魔王」だったのだ。

その圧倒的な実力で、荒ぶる魔族たちを統べる。

そんな生活を送った十数年――人生の半分を魔王として君臨した彼は、時代の流れが変わるのを察して、自ら望んで自称一庶民になった。

そして今では、街で起こる様々なトラブルを解決する便利屋のような低級冒険者だ。

家が比較的立派なのは、この街が新たに作られた、人族と魔族が共に暮すための試験的な場所だからだった。

異種族と暮らすという実験的な試みは、住民になるための審査がある代わりに補助も出る。

そのため、このくらいの家はこの街では普通サイズだ。

まあ、グレンの場合は魔王時代の資産もあるので、補助はもらっていないのだが。

魔王時代から憧れた、庶民的な暮らし。それが目標だったのだが……。


「ちゅっ……れろっ♥　んぅ、そんなに舌を動かされたら、あんっ」

「はむっ……ちゅぶっ、じゅるるるっ♪　ご主人様のおちんぽから、えっちなお汁が溢れ出してきましたね♥」

「んっ、あたしも、はむっ、れろろろっ！」

夜の生活のほうは、三人の美女に囲まれるハーレムライフになってしまった。

これではさすがに、普通の庶民とは言いがたい。

「れろっ、ちゅっ……んっ♥」

「あむっ、じゅるっ……れろっ！」

「んうっ……れろっ、むぐっ……」

三人からの熱心な愛撫を受け、高められていく。その興奮は触れ合っている彼女たちにもしっかりと伝わっているようで、愛撫を続けながらも、おねだりをしてくる。

「ご主人様、あむっ……この立派なおちんぽを、私たちの中にください」

「れろっ、ちゅぅぅっ！」

グラシアヌの意見に同意するように、チェンシーの吸いつきが強くなる。

グレンはうなずくと、彼女たちに言った。

「三人とも、そこに四つん這いになって、こちらにお尻を向けてくれ」

「あら、ご主人様……♥　贅沢なご要望です」

要求にうっとりと頷《うなず》きながら、グラシアヌがさっと動いた。

彼女はすばやく四つん這いになると、お尻を高く上げる。

遮《さえぎ》るものなく突き出されたそこで、彼女の花弁は慎ましく閉じながらも、もう潤沢な蜜を溢れさせていた。それに習って、エルアナとチェンシーも四つん這いになる。

彼女たちのそこもまた、赤裸々にさらされている。

濡れた花弁が、それぞれにグレンを誘っていた。

三つのお尻が丸見えになっている姿は、後ろから眺めるのも素晴らしいが、正面に回ってみてもまたいいものだった。

発情顔で男を待つ美女たち。手をついたの姿勢で目立つ、重力に引かれたおっぱい。

それが美女三人分ともなれば、理性を保つことなど不可能だ。

グレンはまず、グラシアヌのたっぷりとした尻肉を掴んだ。

「あんっ♥」

柔らかくもハリのあるそこを掴むと、ひっぱられて秘裂も広げられる。

「ご主人様、後ろからまじまじと見られるのは、恥ずかしいです♥」

しかし、グラシアヌはそう言いながらも、誘うように腰をくねらせようとする。

しかし、グレンの手によってがっしりと掴まれているため、上半身が軽くうねっただけだった。

グレンの視線を受けて、グラシアヌの秘穴が震える。

恥ずかしさはあるのだろうが、淫らにひくつく女陰は見られることに喜び、さらなる刺激を求めているようだった。

グレンは自らの怒張を、その割れ目へと押し当てる。

「んぅ♥」

入り口に軽く触れただけで、グラシアヌは甘い声をあげた。

くちゅり、といやらしい音を立てながら、肉棒が蜜壺へと沈んでいく。

「んぅっ♥　あっっ、ふぁっ……」

肉棒を受け入れるグラシアヌの体に、力がこもる。

グレンはエルフ美女の綺麗な背中のラインを見つめながら、ゆっくりと腰を動かし始める。

「んはぁっ♥　あっ、ご主人様♥」

緩やかだったのは最初だけで、打ちつけられる腰の勢いはすぐに増していき、パンパンと肉のぶつかる音が響く。

「んあぁっ！　あふっ、ご主人様のおちんぽ、私の中をかき回してますっ！」

快感に突き上げられて声をあげるグラシアヌ。

お預けを食らっているエルアナとチェンシーは、はしたない顔で羨ましげに眺めた。

「ひうっ♥　あっ、ご主人様ぁ♥　あぅっ！」

「グラシアヌ、すっごいえっちな顔になってる……」

嬌声をあげる彼女に、チェンシーがつぶやく。

「ふぁ……あぁ……♥」

グラシアヌはバックで突かれながら、自分を見るふたりの姿を確認する。

エルアナもチェンシーも、グレンの肉棒を待ちわびながら、今まさにその肉棒で突かれているグラシアヌのことを熱い視線で見ているのだ。

「んぁ♥　あっ、ダメです、そんなに見られたら、んぅ♥」

「グラシアヌは、見られて興奮するの？」

エルアナがSっぽくそう尋ねると、グラシアヌは顔をさらに赤くした。

「そんなこと、ひゃうんっ♥　ないです、んぁぁっ！」

「あはは、説得力、ぜんぜんない顔してる♪」

答えようとする最中にも、グレンの肉棒が膣襞を擦り上げて往復し、グラシアヌは感じ声を漏らしてしまう。

「んぅっ♥　あっ、んはぁ……ご主人様、んあぁっ！　バックだと、おちんぽが奥まで来るのがわかりやすくて、んぁぁっ♥」

綺麗な背中をのけぞらせるようにしながら、グラシアヌが快感に身を委ねている。

「あぅ……」

エルアナはその様子を興味深く眺めつつも、もじもじと足を動かした。

切ない疼きに、身悶えているようだ。

「あんっ♥　……ああ」

それを確認したグレンは、一度グラシアヌの膣内から肉竿を引き抜くと、次はエルアナのそこへと挿入する。

「んぁっ♥　あっ、グレン、いきなりそんなっ♥」

突然に突かれたエルアナは、嬉しそうな声をあげながらも背中をのけぞらせる。

彼女の膣内はもう十分に濡れており、待ちわびた男根をみっちりと捉えて蠢いた。

「ひうっ♥　あっ、んあぁぁっ！」

はしたない声をあげる姫騎士の様子を、今度はグラシアヌが見つめる。

「あぅ、やっ、んあぁっ♥」

「エルアナ様のえっちな表情、とても素敵ですね♪」

「やぁ……そんなこと、んぅっ！　あぅっ、腰、止まらないのぉ……♥」

彼女は自分でも身体を揺すって、快感を増やしていった。

グレンのピストンに合わせるようにお尻を突き出し、より深くまで肉棒を飲み込んでいく。

「んはぁっ！　そこ、奥っ、んぁ♥　あっ♥」

それにタイミングを合わせて腰を動かすと、コリッとした子宮口に亀頭がこすれる。

一番奥までを貫かれて、エルアナの快感は最大限に増していった。

「んぁ♥　あっ♥　ふぅ、んっ！」

艶めかしい声をあげつつ身体を揺らす彼女を、グレンはさらに責め立てる。

奥をえぐるように、少し上下の動きも入れながら膣内を蹂躙していった。

「んはぁっぁっ♥　あっあっ♥　や、あ、ダメ……イッちゃう、んぁ♥　イッちゃうからぁ♥　んぁ♥　あっ、んあぁっ！　んあぁぁぁぁぁあぁぁっ！」

びくんと体をのけぞらせながら、エルアナが絶頂した。

痙攣する膣襞が肉棒に絡みついて、精液をねだってくる。

「んはぁ……あっ♥　あぁ……♥」

快感でエルアナの姿勢が崩れて、上半身がベッドへと沈む。

膣内に挿入されたままで、掴まれているお尻だけを高く上げる形だ。

この姿勢もとてもエロいな、とグレンはさらに欲望をたぎらせた。

エルアナから肉竿を引き抜くと、最後まで待ちわびて淫らなよだれを垂らしている、チェンシーのアソコへと肉棒をあてがった。

「んあぁぁっ♥」

さんざん待たされたそこは敏感になっているらしく、入り口をこすっただけで思った以上の反応があった。そんな彼女のトロトロのおまんこへと肉棒を突き入れる。

「ひうっ♥　あぁっ！」

膣襞が肉棒を優しく迎え入れる。

ぬるりと奥まで入ったのは、チェンシーのそこがもう濡れ濡れで準備万端だったからだろう。

「あぅっ、んっ……あぁ♥」

挿入し終えた途端、チェンシーの体に力がこもる。

お尻の筋肉もきゅっと動いたのを掌で感じたが、それ以上に変化があったのは膣内だ。

先程はあっさりと肉棒を受け入れたのに、今のそこはキツキツだった。

身体を鍛えている彼女は、そちらのほうも鍛えられているようだ。

力を込めた途端、容赦なく肉棒を絞り上げてくる。

「あぅっ♥　グレンのおちんちん、大きすぎるよぉ♥」

「チェンシーの中がきつすぎるんだよ」

「あっ♥　んぁ、ふぁぁっ！」

狭い膣内に押し入るのはまだいいが、抽送のために引き抜こうとするたびに、カリ裏をゴリゴリと襞で擦り上げられてしまう。

「んあぁぁ♥　あっ、そんなにこすっちゃダメぇ♥　あたしのなか、裏返っちゃいそうだからぁ♥」

「うおっ……」

彼女が快楽で力をこめるたびに、ぎゅっと閉まる膣壁が肉竿を責め立ててくる。

強烈な粘膜の擦り合いは、互いに強い快感を送り込んでくる。

「あっあっ♥　すごっ、んっ……すごいの、来ちゃうっ……♥」

「うおっ、そんなに締めつけられたら、俺もっ……！」

元々身体の使い方が上手いせいか、チェンシーはセックスもまたたく間に腕を上げていく。

意識的かどうかはさておき、こうして快感に合わせて膣壁を絞めてくることで、より大きな刺激が襲いかかってくるのだ。

「あっ、ああっ！　んはぁ、あ♥　イクッ、イッちゃう……！　んはぁっ♥　あっ♥　イクイクッ、イックゥウウウゥウッ！」

ビュクンッ！　ビュクッ、ビュルルルルルルッ！

チェンシーの絶頂締めつけに搾り取られる形で、グレンも射精した。

「んはぁっ♥　あっ、イッてるおまんこに中出しだめぇっ♥　おかしくなっちゃうよぉぉっ♥」

「おおぅっ！」

中出しでさらに快感に呑まれた彼女が、貪欲なまでに肉棒を締めつける。

最後の一滴まで逃さないという意思を見せる膣襞に、為す術なく搾り取られていった。

「あぁ♥　あふぅっ……♥」

ぴんっと背筋をのけぞらせて、チェンシーが息を吐いた。

そこでようやくゆるんだ膣道から肉棒を引き抜くと、グレンも一息つく。

絶頂を迎えたばかりのチェンシーは、こてん、と横になった。

「はぁ、あぁ……」

荒い呼吸のたびに、その大きな胸が柔らかそうに揺れながら膨らむ。

「ご主人様♥　次は私にも、ご主人様のザーメンをくださいっ♪」

ふたりの相手をしている間、待っていたグラシアヌが、脱力気味のグレンを押し倒した。

「お預けで我慢できなくなった、はしたないおまんこに、いっぱいお情けをくださいね？」

「グラシアヌ、うっ」

つぷり、と彼女の膣がペニスを飲み込んだ。

待たされていた分を取り戻すかのように腰を振るグラシアヌに、グレンは笑みを浮かべる。

そして、彼女の細い腰を掴むと、下からおまんこを突き上げた。

「んはぁっ♥　あっ、ご主人様ぁ♥」

突き上げられて喜ぶ彼女を見上げながら、グレンはさらに腰を振っていく。

「あぅっ、ご主人様のおちんぽ♥　出したばかりなのに、逞《たくま》しいですっ！」

「うおっ……」

グラシアヌが騎乗位で腰を振るたびに、グレンはぶるんぶるんと揺れるおっぱいに目を奪われてしまう。下から見上げる大迫力の爆乳は、とても素晴らしいものだ。

たっぷりと重量感を持った乳房が弾む様子に見とれてしまう。

「あんっ♥」

思わず手を伸ばして、持ち上げるようにして揉んでいく。

幸せな柔らかさと確かなボリュームだった。

「んはぁっ♥　あっ、ご主人様、んぅっ……おっぱい、大好きなんですね」

「当然だろ？　こんなに柔らかで大きなおっぱい、誰だって惹かれるに決まってる」

「んぁあっ♥　ご主人様のおちんぽ、私の膣内《なか》で太くなってますぅ♥　んぁ、あぁぁっ！　乳首、乳首ダメですっ♥」

膨らんだ乳首を指先でひねると、グラシアヌの膣内がきゅんきゅんと反応して締めつけてきた。

「はぅっ♥　そんなにこりこりされたら、んぁ、気持ちよ過ぎて、動けなくなっちゃいますぅっ！」

彼女は身体を倒して、グレンのほうへと倒れ込んでくる。

そのときにぐいっと肉棒が引っ張られ、鋭い快感がはしった。

彼女はグレンの上に覆いかぶさる形になりながらも、腰を上下に動かし続ける。

膣襞が擦れ、先ほどとは違った角度で気持ちよさを送り込んでくる。

「んはぁっ♥　あっ、んぅっ！　ご主人様、私、もうっ……！」

切ない声をあげながら、ますます激しく腰を振っていった。

膣襞が細かく震え、絶頂が近いのを伝えてくる。

グレンももう限界だった。下から腰を突き上げて、彼女の膣内を蹂躙していく。

「んぁぁぁっ！　あっあっ♥　もう、うぅんっ！」

絡みつく膣襞をかき分けて肉棒が往復するたびに、耐えきれず精液がせり上がってくる。

「んぁ、あああっ！　ご主人様、んぁ、んくぅっ♥　あふっ、イクッ♥　イクイクッ、イックウゥウウゥゥッ！」

ビュクンッ！　ビュルルルルルッ！

グラシアヌの絶頂に合わせて、グレンもその膣内に精を放った。

「んぁあっ、あぁぁぁぁぁっ♥」

イキながら精液を受け止めた彼女はあられもない声をあげ、しっかりとしがみついてくる。

「あぁ……ご主人様のザーメン、どぴゅどぴゅ出てます♥」

ぎゅっと抱きつきながら言う彼女を、グレンは抱きしめる。

「はぁ……ん、ぁ……ふぅ……」

息を整えたグラシアヌが膣内から肉棒を抜くと、改めてグレンの胸元に顔をうずめてくる。

「あたしも、ぎゅーっ」

そこにチェンシーが加わり、横からグレンへと抱きついてきた。ふたりの柔らかな身体を当てられていると、出したばかりだというのに、オスとしての本能がムラムラと湧き上がってくる。

「あら、まだまだ元気みたいね♪」

それを見たエルアナは楽しそうに、体液でねっとりとしている肉棒を掴んだ。

「これなら、もっとできそうね。ほらっ、わたしの手の中で、こんなに硬くなってる」

性欲旺盛な三人の美女との夜は、まだまだこれからのようだった。

第一章　庶民の暮らしは難しい

適度なサイズの円卓を、八人が囲んでいた。

二国間で行われているこの話し合いは、両国の要人ばかりが集まっている。

だというのに室内には護衛の兵士はおらず、広い部屋の中、八人だけが向かい合っていた。

そのうちの四人は人間ではない。彼らは魔族と呼ばれる存在だ。

いま行われているのは、人間の国リブロジニアと、魔族の国ブロシャールの会談なのだった。


グレン・シャルル・ブロシャールは、魔王と呼ばれる存在だ。

歴代魔王の中ではかなりの穏健派であり、人族に歩み寄りを見せているグレンだが、その力は強大だった。

かつてこの大陸で侵略を繰り返していたブロシャールがおとなしくなったのは、まだ子供だったグレンが、実力で先代の魔王をねじ伏せたからでもある。

魔王襲名後はさほど姿を表さず、力を誇示することもないにもかかわらず、荒々しい魔族を統一し、頂点に君臨し続けている。

そんな、魔族からも恐れられる魔王グレンは今——にこやかな笑みを浮かべていた。

「いやあ、それはありがたい。指定区域だけとはいえ、我々魔族を受け入れてくれるとは」

ほがらかにそう言うグレンは、魔王らしさを微塵も感じさせない。

邪悪なオーラを纏《まと》っているわけでもなければ、禍々《まがまが》しいツノや翼もない。

亜人としての特徴はまったくなく、一見するとただの人間だった。

裕福な家で育った、穏やかでいながら、ちょっとだけ食えなそうな青年。

それがグレンの印象だろう。魔王というよりも、下っ端にこそ居いそうな風貌である。

一言で魔族といっても姿形は様々で、グレンのようにほぼ人間に見える者や、人型種族に属するエルフや獣人のように一部にだけ特徴がある者もいる。

もちろん、怪物に近いビジュアルの種族も多い。

そのなかでも、知性があれば魔族と呼ばれ、人間が言うところの獣レベルがモンスターだ。

なので、会話が可能なドラゴン族は魔族に属する。

この会談で実務を取り仕切る役人などは、ヤギのようなツノに馬の顔、牛の尾にコウモリの羽を持つという、いかにもな魔族ビジュアルだった。

それに比べると、グレンは圧倒的に地味だとも言える。

実際には、いざ戦えばグレンのほうがよほど化物なのだが。

「貴殿の見せてくれた歩み寄りに、我々も少しくらいは応えないとな」

グレンの言葉に答えるのは、リブロジニア王だ。

人間である彼は、堀の深い顔立ちをしたおじさんである。

グレンとは親子程度の年の差があった。

グレンの前。先代魔王との戦争で苦労したにもかかわらず、新たに魔王に就任したグレンとはしっかりと和平を結ぶ、文武に長けた柔軟な王だった。

人間と魔族が和平を結び、友好的な関係を推《お》し進め始めて、十数年が経つ。

種族の違いだけでなく、長い戦闘の記憶が両者にはある。

歩み寄りは慎重なものとなり、まずは物資や技術など、お互いの美点だけを見せるようにと、両者とも気を遣ってきた。

その成果として、特に若い世代には、両者の存在が好意的に受け入れられている。

そして今、いよいよ本格的な人材の交流が行われようとしていた。

まずは、それぞれの国の中に指定区域を決め、特別な街を作った。

その街の中だけで、交換留学のような形での異種族共存が試されるのだ。

区切られた土地の中でだけ過ごしてみて、互いの違いや問題点の洗い出し、実際に暮らしてみた同種族の反応などで、より積極的な交流を進めていこう、という話だ。

大枠の話は国王同士が話し、詳細についてはそれぞれ実務を行う官僚が詰めていく。

魔族からすれば、人間は臆病な種族だ。

エルフやドワーフなど、比較的姿も近く友好的な相手であっても、僅かな差違によって「異種族」と判断して距離を感じてしまう。

なので、どんな姿であれ「魔族」と一括《ひとくく》りにしてきた魔族側とは、常識や意識がかなり違う。

そう言った意識の擦り合わせも、事前準備としては大切だ。

ここまでの会談で概要はほぼ合意できたことで、官僚たちは別室に移り、詳細な詰めに入った。

部屋に残ったのは三人。

ふたりの王と、リブロジニアの第二王女エルアナ・ディ・リブロジニアだった。

エルアナは王女でありながら、力を持った武官だ。実際に前線での活躍もあり、国民からは姫騎士と呼ばれている。

ハーフアップの赤毛に、意志の強そうな瞳。

整った容姿に、目をひく大きな胸。

全体の肌の露出はそう多くはないのだが、胸元がざっくりと開いた衣装なので、それがかえってセクシーさを際立たせている。

幼い頃から魔族との交渉によく顔を出している彼女は、勇気ある姫騎士としてリブロジニアでは人気者だ。姫ではあるものの王位継承の順位は低く、ほぼ騎士として育てられているために、国民も親しみやすいようだった。性格的にも面倒見のいいところがあり、それも人気の理由だろう。

グレンとしても、エルアナは昔から知っている歳の近い人間だった。

リブロジニア王や官僚たちは二回り上の世代だし、纏う空気も堅苦しい。

そんな中で、エルアナには親しみを覚えていた。

リブロジニア王が、当時はまだ子供であり、今のように姫騎士として有名だったわけでもないエルアナをわざわざ連れてきていたのは、そういう意図もあったのだろう。

魔王であるグレンに好感を与え、本国では王族の勇敢さをアピールできる。

事実、その実力が確かなものであるとはいえ、エルアナの人気の一端は、魔族の土地に何度も出向く勇気だ。そして第二王女という立場は、万が一のことがあっても致命的な被害にはならない、という面もある。

「なあ、グレン」

公式な会見が終わったことで、リブロジニア王は幾分柔らかな調子で声をかけた。

「交流の話も無事にまとまった。これが上手くいけば、他の場所での交流も進んでいくことだろう。その頃までには、さらに両国の繋がりを強固にしておきたいところだ……よな」

「ええ、そうですね」

グレンは力強く頷く。

魔王になってからの十数年。グレンはずっと、戦争を終わらせ、わがままな魔族を従え、人族と仲良くすることに集中してきた。それも、今回の交流が上手くいけばやっと一段落だ。

グレンの中では、それで魔王としての仕事がすべて終わるくらいのつもりだった。

物事を変えることが得意な人間と、現状を維持するのが得意な人間がいる。

グレンは前者だと、自分では思う。

平和になって落ち着いた後の世界のことは、他の魔族に任せたほうがうまくいく。

「戦争を終え、その後も辛抱強く交渉をし、ここまでこぎつけたのはグレンの功績だ」

「ありがとうございます。ですがリブロジニア王の」――と言いかけたグレンを制し、王は続ける。

「そして人族側でといえば、この功績への印象が強いのは、我が娘のエルアナだ」

急に話を振られたエルアナが口を開こうとするのを、リブロジニア王は制す。

「そこで」

グレンはこの先、王がなにを言うかを悟った。

「タイミングを見てグレンとエルアナが結婚すれば、魔族と人間はより強固に繋がることができるだろう」

「お、お父様っ!?」

予想通りのことにグレンが頷く横で、エルアナが素っ頓狂な声をあげる。

さきほどまでのような姫騎士としての落ち着いた雰囲気とは違う、可愛らしく慌てた声だ。

なんとなく、幼いころのエルアナっぽいと言える。

会議の場では大人の顔をして静かに話を聞いていた彼女だが、本質はあまり変わっていないのかも知れないな、とグレンは微笑ましく思った。

「お父様。突然なにを……」

「突然でもないだろう」

王に切りあっさりと返されたエルアナは、言葉をつげずに黙り込む。

武官であるエルアナが、こうして魔族国との外交の場にまで駆り出されている理由。

魔王であるグレンと頻繁に顔を合わせてきた理由を、王女としてわからないわけではなかった。

エルアナは婚姻話が出たことには驚きつつも、まんざらでもなさそうな様子だった。

彼女だって、小さいころから会っていた魔王グレンを、意識せずにはいられなかったのだろう。

「ま、今回のことが上手くいってから、だがな」

娘の反応を楽しむように、王がそうしめたのだった。


文官同士の話し合いもまとまったようなので、グレンは安心して自室へと戻った。

魔王の部屋、というと禍々しいものを想像されそうだが、グレンの部屋はそう特異なものでもなかった。

確かにベッドや机を始めとして、家具やカーペットは質のいいものが揃えられている。

相応の値段がする代物だ。

しかしデザイン的には、シンプルなものが好みだった。

魔王の権勢を誇るような、奇抜な文様が描かれていたりはしない。

なんの変哲もないごく普通のベッドに、グレンは倒れ込んだ。

しかし見た目こそありふれたものだが、最上級の品質なので、ベッドはグレンの身体を柔らかく受け止めてくれる。

シーツの肌触りも、とても心地よかった。

寝心地に満足すると仰向けになって、軽く息を吐く。

長き敵対してきた人族と魔族が、一部の地域に限った実験的なものとはいえ、共に暮らし始める。

戦争終結から慎重に交流を進め、ついにここまできた。

「俺の仕事も、無事に終わりそうだ」

互いの土地でも一緒に暮らす、というこの試みは、まだ動き始めたばかり。

実際に暮らしていく中でも、問題もたくさん見つかるだろう。

しかし、そこは取り仕切る文官たちを信じているので、さほど心配はしていない。

もちろん、分かりやすい壁はある。

最初の街に集まるのはあくまで、相手の種族に理解のある者たちばかりだ。これが上手くいっても、そこから他の地域にまで共生を広げるとなると、好意的でない者たちも関わってくることになるだろう。

だが、グレンは思う。

そのときに必要になるのは、グレンの強大な戦闘能力ではない……と。

グレンはシンプルな意味で、力を持っている側の存在だ。

自らの戦闘能力で状況を切り開き、必要なことを成し遂げてきた。

古い因習を打ち壊したり、何もない混沌とした領域へと率先して切り込んで行くことはできる。

しかしそれらはすべて、強者としてのあり方だ。

そんなグレンについてこられるのも、それぞれ何かしらを持った強者ばかり。

両種族間の確執は根深い。

この新しい試みに今すぐに賛同できるのは、グレンと同じくどんな場でも成功できるだけの能力や、失敗してもリカバリーできるだけのスキル、挑戦の先に未来を信じられる強さや、物事を推し進めるための知性がある者だけだろう。

大多数の者はまだまだ、魔族と人族が暮らすということに対して、怯えを抱いている。

この新しい世界に、飛び込めるだけの強さがない。

そして、基本的には魔王城に引きこもって育ち、自身が最高位の強者であるグレンは、そういった弱い人々を動かすことに不向きだった。

まず、心の機微がわからない。

支配者の理屈や信念とは別のところにある、彼らの感情というものがしっかりとは把握できていないと思う。

どれほど争いのない世界を願っていても、結局は強者であり、魔王なのだ。

力に頼って積極的に他者を踏みにじったり、成金趣味にはしったりというようなことはなくとも、庶民感覚を持っているわけではない。

そもそも、暮らしている場所が特殊だ。

配下に傅《かしず》かれる城暮らしでは、庶民の気持ちは分からない。

だからこそグレンは、ずっとひとつの思いを抱《いだ》いてきた。

「俺の役割は、もう終わった。これからは一魔族、ただの庶民として、ゆっくりとした暮らしを送るんだ！」

グレンは幼くして魔王になってからずっと、人族との共存を考えて頑張ってきた。

休戦が整ったいま、そろそろ休んでもいい気がする。

それに、これからの平和な時代には、あまり役に立たないと自分で思っている。

強さだけを理由に、これからも魔王の椅子にしがみつくのは良くないことだ。

魔族だって、価値観を変えていくべき。

それにはまず第一に、魔族の力の象徴であり、人族の脅威であった魔王が退位することが、インパクトとしても大きいだろう。

「幸い、俺の顔はさほどメジャーじゃない。街中にいたって、普通は気付かれないだろう」

グレンは先程も話に上がっていた、魔族が人間の街へ移住するための条件を思い出す。

基本的には、人族に友好的であることくらいしか条件はない。だがグレンの側近や幹部はともかく、人族に偏見のない庶民魔族はまだまだ少数派だ。

だから今は、それが何よりも重要な条件だった。

そしてそれならば、自分だって問題ないはずだ。むしろ、最も適していると思う。

「よし、さっそく準備だ」

ベッドから起き上がると、行動を開始する。

魔王の地位を譲るのがいちばん面倒だが、移住への応募だって急いだほうがいい。

あとは本とかをいっぱい読んで、庶民の暮らしを調べておかないと。

とにかく、俺はのんびりと暮らしたい。ずっとそう願ってきた。

これまではまったくできなかった、まっとうな生活をおくるのだ。

目標ができると元気になったグレンは、そのままませわしなく動き始めるのだった。

●

それから、数ヶ月後。

グレンは重臣たちに魔王休業を納得させ、しっかりと移住組に紛れ込むことに成功した。

元々、魔王というのは人間の王とはだいぶ意味合いが違う。

政治より武力で解決しがちな多くの魔族に対し、強者として君臨することにこそ意味がある、という感じだ。争い事さえ力で抑え込んでおけば、あとは周囲が上手くやってくれる。

実際にはそれでも様々なシステムに組み込まれているのだが、それも今のグレンには、もう関係のないものだった。

今の彼は、これから人族の街に移住する、ただの一魔族。

今日はいよいよ、旅立ちの日だ。

リブロジニア王の尽力によって受け入れ体制が整ったので、これから人族の街へと移動するために、選ばれた多くの魔族が集まっていた。

上手くいけばずっと住むことになる完全な移住だということもあって、荷物の多い者が目立つ。

基本的には人族の暮らしぶりに従うことになっているので、なるべくあちらの物を使う予定なのだが、愛着がある品は手放せないのだろう。それに、人間社会では一般的でない家具や道具は、自分で持ち込まないといけない。

今後はそのあたりも調整していくとはいえ、しばらくは、手軽に魔族領から取り寄せるというのは難しいからな。

その点、人型の魔族なので特殊な生活用品を必要としないグレンは身軽だった。

グレンには、獣族のような牙の手入れ道具は必要ないし、吸血鬼たちのように寝床となる棺桶を持ち運ぶ必要もない。

だが他の多くの魔族はそうもいかないようだ。持ち込む荷物を、どんどんと増やしている。

領地を気軽には行き来できないと聞いているから、なおさらだろう。

しかしグレンには、そういった不安もない。

そもそも引っ越しなどしたことがないし、生活にどんな物が必要だとか、どういうことがあると不便だとか、それ自体をよくわかっていなかった。

そしてそれ以上に、魔王であったグレンには、生活そのものへの不安というものが皆無なのだ。

姿形や生活スタイルこそ、基本的には人間寄りのグレン。

しかしその能力は、か弱い人間とはかけ離れている。

生命力というか、環境への基本的な適応範囲がまったく違うのだ。

気温が下がれば寒さはもちろん感じるが、極寒の地に裸で行ったところで凍死することはない。

食事に関しても雑食が極まっており、生肉を食べても大丈夫などころか、最悪その辺の木や土を食べても飢えを凌ぐことが可能だった。

美味しくないので、よほどのことがない限りやらないけれど。

つまり、その気になればどこでだって生きていけてしまう彼には、あまり生命への危機感がない。

だからこそ、荷物もほとんど持っていないのだった。

街に着いてしまえば、どうとでもなると思っている。

いざ集合場所についてから、どうやら自分は軽装すぎたようだな、と気づいたほどだ。

まだまだ庶民への道は遠そうだが、まあそう焦るものでもないだろう。

グレンは気軽に構えて、周りの魔族たちを見渡した。

種族も年齢も見た目も違う、様々な人々。いかのも魔族らしい集団だ。

この魔族たちと、そして人族たちとでこれからは一緒に暮らすのだ。

そんな多様な人々が暮らす街でなら、自分だってきっと普通に過ごすことができるだろう。

グレンの胸は、長年の夢が叶うことへのワクワクでいっぱいだった。

そんなとき、ふと背後から声がした。

「あっ!? そんな……このようなところでこれほどの……」

浮かれる彼を見つけたひとりの女性が、慌てたように駆け寄ってくる。

銀色の髪に癒し系の顔立ち。

尖った耳は、エルフの血だろうか。

露出は多くないものの、主張の激しい胸元がざっくりと開いていて、爆乳の深い谷間が目を引きつける。そんな女性がグレンの目の前で、いきなり地面に膝をついた。

「ご主人様……」

その声は透明でありながら、どこか艶《つや》を含んでいる。

メイドのような彼女の格好のせいか、ご主人様というワードのせいか……すごくエロく聞こえた。

こんな真っ昼間の、多くの人が集まっている場で聞くには、少し恥ずかしくていたたまれなくなる感じのニュアンスを含む声だ。もちろん、何ごとかと誰もがこちらを窺《うかが》っている。

彼女はそんな空気に動じることなくグレンを見上げると、言葉を続ける。

「一目で感じました。あなたこそ、私が仕えるべき主《あるじ》だと。どうか理由は聞かず、このグラシアヌをお側に置き、ご主人様のお世話をさせてくださいませ」

グラシアヌと名乗った美女は唐突にそう言うと、グレンを見つめてくる。

彼女も移住組のようだ。人族に近いエルフたちは優先して、移住への候補者となっている。

エルフには不思議な魅力がある。突然の奇妙な行動だったが、彼女の見た目が良いせいか、なんだか運命的なワンシーンであるかのように錯覚させられてしまった。

「……ああ。グラシアヌ、仕えることを許可しよう」

その雰囲気に半ば飲まれながらも、グレンは頷《うなず》いた。

グレンの落ちついた声や王者らしい態度もまた、部下に仕えられることに慣れきった、ただならぬオーラを含んだものであり、周りの注目が集まる。

魔王だという正体は庶民にはわからずとも、なにか感じるものはあるらしい。

まだまだ停戦が成ってからも日は浅い。魔王であったグレンの元には、仕官を望む者が毎日のようにやって来た。だからその感覚が抜けきっていなかったのだろう。

それに、グラシアヌがグレンに何かを感じたように、グレンもまた彼女に感じるものがあった。

この美しいエルフは、きっとただ者ではないと。戦闘力というよりは、もっと別の何かだ。

これからのグレンには、きっと彼女が役に立つ。

その直感の結果、ほとんどノータイムで、グレンはグラシアヌを受け入れていた。

周囲から「おお」と軽く声があがる。

そもそもその容姿から目立つ美女であるグラシアヌだ。彼女が膝をついた時点で注目度は高かったが、それをあっさり受け入れるグレンもまた、飄々としながらもどこか底知れなさを感じさせたのだろう。

そんな彼らのやり取りはちょっとした芝居のようにも映り、異国への出立前の少し緊張した空気を切り替えるのに役立っていた。

そんなふうに周りの空気が変わったことは察したが、理由まではわかりかねるグレンなのだった。


「ご主人様は、随分と荷物が少ないのですね」

人族の街へ向けて移動をはじめた中で、グラシアヌが問いかける。

「ああ。俺は基本的に、特別な生活用品を必要としないからな」

街への移動は徒歩で行われている。多くの魔族たちが、ぞろぞろと列をなして歩いていた。

魔族の領地と人族の国の間には深い谷が存在している。まだいまは、ちょっとした橋がかかっている程度なので、馬車などでは一度には渡れないのだ。

そのため、今回は徒歩での移動なのだった。

人族との初めての共生だ。気質としては比較的穏やかな魔族たちが選ばれているのだが、見た目はとてもそうは思えない者も多い。何も知らない人間が見れば徒歩であっても行軍のようで、恐れおののく光景だろう。

とはいえ、徒歩である以上、個々の荷物量はすぐに分かる。

見た目がセクシーな美女であるグラシアヌでさえ、身体の数倍はありそうな荷物を背負っている。

これはこれでなかなか面白い光景だが、この場ではむしろそのほうが自然だ。

軽装であるグレンのほうが、完全に周囲から浮いているのだった。

「グラシアヌは……随分と大荷物なんだな」

「手に入らない物があるかもと思うとつい……」

彼女は少し恥ずかしそうにそう言った。

年ごろの女性だし、エルフ族は繊細だとも聞く。特別な品が多いのだろう。

「そういうものなのか」

グレンは興味深そうに頷いた。

見渡せばほとんどの魔族も大きな荷物を抱えており、それが普通の感覚なのだとわかる。

魔王として引きこもってばかりいたせいで、やはり自分は世間知らずだ。

これからはひとりの庶民として人族の街で暮らす中で、さらなる発見も、きっとあるのだろう。

そう思うとやはり、グレンはワクワクしてくるのだった。

「ご主人様は、とても楽しそうですね」

「ああ。人族の街がどんなところか、楽しみだよ」

子供っぽくも思えるような、グレンの純粋な顔にグラシアヌも笑みを浮かべる。

魔族の列はどんどんと進んでいき、人族の土地を目指していった。

時間はたっぷりあるので話しているうちに、彼女のことも知りたくなる。

「グラシアヌは、これまでにも誰かに仕えていたのか？」

仕えることを申し出てきたときの姿勢。それがあまりに綺麗だったため、そう尋ねた。

「いいえ。一通りの訓練はしてきましたが、お仕えしたことはありません。でも、きっとご主人様を満足させられるはずです。いっぱい、妄そ——イメージトレーニングをしてきましたから♥」

グラシアヌの目が妖しげな光を宿していたが、グレンはそれに気づかなかった。

絶対的な戦闘力を持つがゆえに、謀《はかりごと》のたぐいには鈍感なのだ。

グラシアヌのそれが、敵意や害意をまったく含んでいなかったのも大きいだろう。

「素敵な暮らしにしましょうね、ご主人様」

「ああ、そうだな」

うっとりとした様子のグラシアヌに、グレンは素直に頷いた。

たしかに世間知らずな自分だけよりは、グラシアヌがいてくれたほうがよいこともあるだろう。

旅路の中でふたりは、それぞれにこれからの生活に思いを馳せる。

グレンは後ろを振り返ってみた。

住み慣れた魔族の土地。遠くにかろうじて見える魔王城。

これまで過ごしてきた場所だ。

反対に、今度は前を向く。

これから暮らすことになる街は、まだ見えてこない。

この先に一体、何があるのだろう。

これまでけっして得られなかった、穏やかな生活を手に入れる。

グレンはその夢に胸を弾ませながら、人間たちの街を目指すのだった。

●

「朝ですよ、ご主人様♪」

街に移住してから数ヶ月。

大きめのベッドで寝ているグレンの元に、グラシアヌの声が降ってくる。

移住のときに出会ってからずっと、彼女はグレンにメイドとして仕えていた。

魔王として生きてきたグレンは強大な戦闘力や、その力で魔族を引っ張っていく経験はあったものの、その反面、生活能力には乏しい。

これまでもずっと使用人に囲まれており、日常生活における常識には疎いのだ。

その点で、グラシアヌがメイドとして面倒を見てくれるのには、とても助かっていた。

いくら野宿や拾い食いでも生きていけるとはいえ、それでは理想とした平凡な暮らしとはほど遠い。彼が夢であった庶民らしい生活を送れているのは、グラシアヌのおかげだ。

彼女のほうも、そんなふうに彼の役に立てるのを喜んでいるようだった。

料理も掃除も得意で才色兼備な彼女の唯一の欠点といえば、ちょっとしたいたずら心だろう。

グラシアヌも最近は、グレンが一般常識に疎《うと》いことを察している。

そこで「魔族の常識」だと称して、わざと自らの願望を一般常識化するときがあった。

例えば……。

「おはようございます、ご主人様。さ、今日も元気に過ごしましょうね」

グラシアヌはそう言いながら、グレンの毛布をどかすと、ベッドへと上がってくる。

そして躊躇《ためら》うことなく、彼のズボンと下着を脱がしてしまうのだった。

朝勃ちの肉棒がビンッと元気に飛び出してくると、逞《たくま》しいそれを手でさすりながら、顔を近づけていく。

「あぁ♥　ご主人様の立派な朝勃ちおちんぽ♪　さっそくいただきますね。はむっ！」

そしてさっと、その先端を口に含む。

目覚めかけのグレンは、自らの亀頭をねっとりと包み込むフェラの気持ちよさで、覚醒していくのだった。

この「朝勃ちの処理もメイドの仕事」というのも、グラシアヌのいう「常識」だった。

魔族の城にだってそういうタイプのメイドがいないわけではないが、もちろんすべてがそうというわけでもない。いや、むしろそういったメイドは珍しい部類だ。

魔王だったころのグレンにも、そんな夜伽専門のメイドはいなかった。

これは単にグラシアヌの妄想的な趣味だったのだが——それを常識と言われてしまい、普通であることを目指すグレンは素直に受け入れたのだった。

もちろんあっさりと受け入れたのは、美女であるグラシアヌの奉仕が気持ちよくて、グレンとしても嬉しいものだったからだが。

「あむっ、じゅるっ、れろ……朝一番の濃いザーメン、いっぱい味わわせてくださいね♥」

グラシアヌの舌が、裏筋を舐め上げ責め立ててくる。

単なる生理現象だった朝勃ちは、すでに性的な色と吐精欲求を帯びていた。

「れろっ……ちゅっ。ちゅぅっ♪」

根本を軽くしごかれながら、先端を舐め回される。

グレンはその快感ですっかり目が覚めた。

とても心地よい起床だが、当然、起きたところでフェラが止まることなどない。

「おはようございます、ご主人様♪」

目が合うと、グラシアヌは肉棒を咥えたまま、そう言って微笑んだ。

唇が肉竿を刺激して気持ちいい。

妖艶なエルフの口まんこに、グレンの肉棒はしゃぶられ、舐められて高められていく。

「ご主人様の朝勃ちおちんぽは、もうこんなに元気に起きてますよ」

「ああ……」

対してグレンは、その気持ちよさのせいで起き上がれなくなっていた。

体を起こそうとしても、股間からあふれる快感で力が抜けてしまう。

メイド修行で積み上げられたたくましい妄想と、それによる積極性とは裏腹に――グラシアヌは最初、決してテクニックに秀でていたわけではなかった。

たどたどしい生娘の愛撫は、新鮮な反応を楽しめる。とても可愛らしいご奉仕だった。

しかし、そんなふうに微笑ましく見ていられたのも最初だけ。

実践を重ねるに連れて、その知識と結びついたグラシアヌのテクニックは、みるみるうちに上達していった。今ではその豊満な見た目とエロさに、ふさわしい技術を身につけている。

「ちゅっ♥　れろ、おちんちん、ぴくんってしましたね♪」

肉棒の変化を感じ取り、彼女はさらに深く咥えこんできた。

半ばまで飲み込まれたまま、彼女の顔が往復する。

「じゅぶっ……ちゅぶ、れろぉっ♪」

緩やかな抽送の最中も、舌が肉棒を舐めあげてくる。

彼女の舌は、ぬめぬめと肉棒を舐め回した。

カリの裏側に舌先を引っ掛けるように擦られると、グレンの欲望が煮えたぎる。

「れろっ、ちゅ、ちゅぅっ！　ご主人様、私のお口に、いっぱい出してくださいね？　ちゅぶっ、ちゅぅうっ！」

「うあっ……！」

彼女の口がきゅっとすぼまり、バキュームしてくる。

はしたないフェラ顔になったグラシアヌ。

元が整っているだけに、そのギャップがグレンを興奮させていった。

頬の内側が肉竿に吸いつき、締め上げてくる。

そのまま顔を前後に動かされると、つるつるの柔肉に擦られた肉竿に興奮が溜まってきた。

「グラシアヌ……」

「あむっ、じゅるっ♥　好きなだけ出してください、ご主人様♪」

彼女はそう言うと、抽送の速度を速めた。

じゅぶっ、じゅぼっとはしたない音が響いてくる。

口をすぼめたグラシアヌが、肉棒に吸いついている姿。

彼女の口と舌から送られてくる快感。

「れろれろぉっ！　じゅぶっ、じゅるっ！　あむっ、はぁ、ふぁっ♥　ぺろろっ、じゅぼじゅぼっ！

じゅぞぞぞぞっ！」

バキュームに誘われて、精液が一気に駆け上ってくる！

ドビュッ、ビュルルルルルッ！

「んんっ！　ん、んぐっ！」

彼女の口内に、思い切り精を放った。

目覚めて間もない精液が、勢いよく飛び出していく。

精を吐き出しきったグレンは、腰を引く。

少し名残惜しそうに吸われながらも、きゅぽん、と音を立てて、肉棒が口から抜けた。

グラシアヌの頬は、出された精液でまだ膨らんでいる。

「んぐっ、んうっ……ごっくん！」

彼女はそれを、ゆっくりと嚥下していった。

「んはぁ♥　あぁ……ご主人様の、今日も美味しいです♥」

ねっとりとそう言うグラシアヌは、はしたないとろけ顔をしている。

そんな彼女は、もじもじと体を揺らしながらグレンを見つめた。

その視線はおねだりをするようで、グレンの興奮をかき立てる。

その反応は、素直に肉棒へと現れる。

先程出したばかりにもかかわらず、グレンの肉棒は力を取り戻していた。

「今日のご主人様は、まだ元気みたいですね♥」

そそり立つ肉棒を前に、彼女も期待の笑みを浮かべた。

日によっては、朝は一発で軽めに終わるのだが、今日はそうじゃないようだ。

グラシアヌは興奮した様子で、自らの服をずらしていく。

ばいんっと彼女の爆乳がこぼれてきた。

出ている面積はそう変わらないはずなのだが、弾む胸の先端に乳輪と乳首が見えると、一気にエ口さが増していく。
「ぁんっ♥　ご主人様、私、もう我慢できません♪」
彼女はそのままグレンの体へと跨《また》がってくる。
そして自らの陰裂を押し広げた。
とろぉっと愛液があふれてきて、ヒクつくそこが男を誘う。
仰向けで寝ているグレンの肉棒が、そこを目指すかのようにびくんと跳ねた。
グラシアヌはその反応を嬉しそうに眺めると、軽く舌なめずりをする。
真っ赤な舌が唇を舐める様子は、とても艶かしく男を誘う。
グレンも思わず目を奪われた。
「おうっ……」
しかしそれも、一瞬のこと。
彼女が肉棒を掴むと、その快感に意識が引き戻される。
しっかりと竿を掴んだ彼女は、腰を落とし、先端を自らの割れ目へと押し当てる。
ぬぷ、と小さな水音がした。
彼女はそのまま腰を前後へと動かし、陰裂で肉棒を擦り上げていく。
ふにっとした土手の感触と、あふれる愛液。
擦られながらも、挿入はされない。
そのもどかしさに、グレンは彼女を見上げる。

目が合うと、グラシアヌは妖艶に微笑んだ。

その顔はとてもエロティックで、グレンの欲望はさらに大きく膨れ上がる。

そんな彼を焦らすように、彼女は腰を前後に動かし、肉竿を擦り上げる。

同時に、自らも切なそうに、もどかしい快感に耐えるようにしているのが、より淫靡にみせるのだった。

「ご主人様の熱いおちんぽ♪　はしたないよだれを垂らしてますね♥」

先走り汁と愛液が、くちゅくちゅと混ざり合う。

「ご主人様は、どうしたいですか？　んっ♥」

先っぽだけを中に入れては、すぐに抜いてしまう。

ねっとりと焦らしながらのプレイに、グレンの中で雄性が暴れだしそうになる。

「あぁ♥　ご主人様、すごくいい顔をされてます♥　そのお顔だけで、んっ！」

グラシアヌは肉棒を支える手を、上下に動かし始めた。

がっしりと握っての手コキは、グレンの射精を促してくる。

このまま気持ちよくなりたい。

でも、彼女の膣内も味わいたい。

相反する二つの欲望が、グレンの中に渦巻いた。

それを見て取ったグラシアヌは、うっとりと顔をとろけさせる。

「あんっ♥　やっぱり、我慢できませんっ。ご主人様ぁ♥」

じゅぶっ！

「おおうっ！」

グレンの肉棒が、一気に飲み込まれる。

いきなり肉竿全体を膣襞《ちつひだ》に抱擁され、その快楽に体を跳ねさせた。

「んはぁぁぁぁあっ♥」

思わぬ突き上げにグラシアヌは嬌声をあげ、軽くイッたようだ。

彼女のほうも、さんざん焦らしてからの挿入で、その刺激は予想以上に大きなものだったらしい。

「んはぁ、あぁ……♥　ご主人様のおちんぽ、私の中にしっかり入ってます……♥　んっ、あぁ……中に、んっ！」

イッたばかりのはずだが、グラシアヌは腰を前後に動かし始めた。

うねる腰に、揺れる胸。それだけでもエロい光景だ。

そして当然、身体の動きは膣内の刺激に直結する。

絶頂直後の締めつけに加えて、その腰使いによってグレンは高められていく。

「んぁっ♥　あっ、ご主人様ぁ♥　んっ、んぅぅっ！」

グラシアヌの潤んだ瞳が、グレンを見下ろす。

目が合うと、きゅんっと膣内が締まった。

元々妄想をたくましくしていたグラシアヌは、ここ数ヶ月体を重ねながら、その知識をどんどんと体得していた。

ただの妄想耳年増娘から、ドスケベ美女に成長を遂げた彼女は、グレンの精液を求め、搾り取ってくる。

「んぁ♥　あう、すごいれすっ……！　ご主人様の、おちんちん♥」

膣襞を震わせながら漏らすグラシアヌのとろけ声。

グレンは湧き上がる情熱に突き動かされ、彼女の腰を掴んだ。

「ご主人様？　んぁぁぁっ♥」

そして下から、腰を打ちつける！

「んはぁっ♥　あっあっ！　ご主人様、ひぐぅぅぅうっ♥」

膣内を荒々しく突き上げ、降りてきた子宮口に亀頭で荒々しいキスをする。

「んぁっ、ご主人様のおちんぽ、私の奥まで入ってきて、んあぁぁっ♥」

突き上げの快感にふらついた彼女のおっぱいを支える。

もにゅんっと柔らかなその先端では、乳首だけが硬く存在を主張していた。

そこを掌でいじりったり指先でつまんだりしながら、腰を打ちつけていく。

「ひぐぅっ♥　らめ、らめっ、イッちゃいますっ♥　ご主人様の乳首いじりとおちんぽで、イッちゃいますっ！」

妖艶な美女だった彼女は、もはや快感に押し流され、ただただ快感を与えられるメスの顔になっていた。グレンはその膣道を肉棒で貫いていき、欲望をぶつける。

「んはぁぁぁっ♥　あっ♥　だめ、イクッ！　もう、んはぁぁっ！　イクイクッ！　イックウウウウウウウッ！」

ドビュッ！　ビュルルルルルッ！

「んぁぁあっ♥　あっ、ああああああぁぁぁっ！」

グラシアヌが絶頂した瞬間、グレンもその膣内に射精した。

熱く煮えたぎった精液が、彼女の中に打ち出される。

「んはぁぁあっ、あぁ……♥　ご主人様の、熱いザーメン……♥　私のなかに、いっぱい出てますっ……んっ」

グラシアヌは荒い息で言いながら、ぐったりと力を抜いた。

性を吐き出してスッキリとしたグレンは、先程までの荒々しさもなく、紳士的に彼女の体を受け止める。

「あぅ……朝からこんなに……素敵です♥」

うっとりと言うグラシアヌは、やっぱりとてもエッチだ。

グレンは彼女の体をなでながら、ようやく起きることにしたのだった。

●

朝から存分にいちゃついたグレンは、冒険者ギルドへと向かう。

この街は、元々新たな開拓村の候補地だった場所にある。魔族受け入れのために予定よりだいぶ区画を大きくしたし、立ち並ぶ石造りの建物の殆どが新しく、街並みも整っていた。

自然に人が集まって徐々に発展した街とは違う、きっちりとした印象だ。

人族のほうが人口は多いが、歩けば魔族も結構な数とすれ違う。

街を大きくする過程で一足早く移り住んできた人族たちは、もうすっかりこの街に馴染んでいた。

魔族の多くは、人族よりも個体として強い。そこに怖さを感じていないわけではないだろうが、それでも人族と魔族の共生のため、実験的なこの街に住むことを決めた人々だ。

そんな彼らなので、魔族に対して過敏な態度をとることはまずない。

こうして魔族と人族が平然と歩いている姿を見て、この光景が国中でもあたりまえになる日がいつかくるのかも知れないと、グレンは期待を抱くのだった。

家のことをグラシアヌにまかせているグレンは今、冒険者として暮らしている。

冒険者といっても、ダンジョンに潜ったりドラゴンを倒したりというような派手なものではない。

グレンは街の便利屋的な冒険者として報酬を得て、暮らしているのだ。

単純に儲けるためなら、その力を使って野生の大物魔獣を狙ったほうがいい。

しかし、今のグレンは庶民を目指す一魔族だし、便利屋をしているほうが人々の暮らしに触れることができる。

城に引きこもりがちだったグレンにとって、様々な人や出来事との触れ合いは新鮮なものだったのだ。そんな暮らしに、だから充分に満足している。

ギルドに到着すると、魔族の比率がぐっと上がる。

人間の冒険者ももちろんいるが、ここでの彼らの仕事は主に、魔族に人間冒険者のルールや常識を教えることだ。

魔族は人族と違い、様々な身体的特徴を持つ者が入り混じっている。

平均的に見ても、人族よりは戦闘能力が高い。

その分、やや協調性に欠ける傾向があるので、そのあたりの指導も必要だった。

同じ種の中で群《むれ》として動くなら連携できても、他人とは協力できないタイプの魔族は多い。

人族冒険者たちには、そう言った魔族の特徴なども詳しく知らされているのだった。

魔族を導くためここにいる人族冒険者たちは、そこらの魔族に遅れを取らない強者ばかり。

そんな人族と魔族の冒険者だが、今のところは上手くやっているようだ。

小競り合いがないわけではないが、人族いわく「それは人族同士でも普通にやっていること」らしい。トラブルの殆どは、魔族同士のもののようだ。

そう言った状況を、今のグレンは部下からの報告ではなく、自分が目や耳にする生の情報として知っている。それも、とても楽しい。

報告だけでは得られない実感もまた、彼にとっては新鮮で興味深いものだった。

一市民である、便利屋冒険者のグレンは、そういった争いには口を挟まない。

けれど、そう大きなものになる前に、上手く人族の先輩冒険者たちが場を収めてくれている。

共生計画は上手くいっているようで、グレンは満足だった。

そう思いながら、グレンはいつもどおり、初級クエストの掲示板へと向かった。

人間そのものの見た目や、受けているクエストレベルから、グレンはギルドではさほど強いとは思われていない。

魔族に好意的な人族や、強い魔族たちは、そんな彼にも特に態度を変えることはない。

だが、一部の初級から中級クラスの者たちの中には、グレンを下に見てくる相手もいる。

しかしそんな彼らを、グレンはこれもまた新鮮な気持ちで眺めるのだった。

不快にならないわけではないが、それよりも面白さのほうが大きいのだ。

好奇心旺盛で、どこか無邪気なのはグレンの性格でもあったし、本質的に圧倒的な強者であるからかもしれない。

ともあれ。

グレンはクエストボードから『獣避櫓《じゅうひろ》の整備』の依頼書を剥がし、カウンターへと向かった。

獣避櫓というのは、魔獣が嫌う独特の魔力を放つ設備だ。

多くの場合は高めの櫓の形でいくつか配置し、その効果範囲を街全体に広げている。

ギルドカウンターで依頼を受ける旨《むね》を伝え、許可をもらう。

「はい、確認しました。どうぞ」

依頼書を渡して手続きを進め、ギルドから割符を受け取る。住民からの依頼の場合、大半はこういった割符を渡される。これによって正式に依頼を受けた冒険者であることを証明し、クエスト後にもう一方の割符を受け取ることで達成の証となるのだった。

さらには、割符を受け取った時点でもう一方の割符が反応し、クエストの受諾を依頼者に知らせる便利なマジックアイテムなのだった。

グレンはさっそく現地へ向かう。昼近くなるとお店もどんどん開き、街も活気に満ちてくる。

「おっ、グレン、今日はどこの用事だ？」

「獣避櫓の整備だよ」

「おお、気をつけてな」

ちょうど店を開けるところだった食堂のおじさんに声をかけられたグレンは、軽く手を振りながら答える。

早起きの冒険者は戻り始めている時間だが、反対に今から仕事へ向かう者も多い。

あるいは、今日はもう休みということにして飲み始めるも者が出るのもこのあたりの時間だ。

「ああ、グレン、一緒にどうだ？　飲んでいかないか？」

「これから仕事だ」

「なんだ、残念」

早くも飲み始めていた人族の冒険者から声をかけられる。

最初に比べれば魔族側の冒険者も手がかからなくなってきたため、時には昼から飲む余裕もできているのだった。

その後も、グレンは街を歩いていると様々な市民に声をかけられるのだった。

便利屋的な冒険者は魔族中心のこの街では珍しく、その分、様々なところで交流があるのだ。

「ああ、お待ちしてました」

獣避櫓に着くと、街の役人がそう言ってグレンを出迎えた。

役人といっても、彼はグレンの正体は知らない。

魔王としてのグレンの顔を知っている人族は、王とエルアナ姫、そしてトップクラスの官僚が数人だ。彼らは基本的に王都にいるはずだから、まず会うことはない。

ただ、エルアナは立場上この街の責任者となっていて、視察として街を歩いていることも多いらしいので、偶然出会わないとも限らない。

急な婚姻話はあったが、グレンはそのまま黙って、この移住に参加してしまった。

まあ、会ったところで軽く口止めすればいいだろう、ぐらいにグレンは思っている。

官僚相手ならともかく、エルアナならそういうお願いもできる仲のはずだ。

さて、とグレンは今日の仕事へと取り掛かる。

獣避櫓はその性質上、少し高くなっているから掃除も大変だ。

特にこの街は新しいため、まだ足りない人材も多い。

「じゃあ、さっそくお願いできますか。道具はここに。私は中にいますので」

脚立と固定具、掃除道具などがグレンに示される。

十五メートルほどの獣避櫓は、素人だとひとりでは確認すらまともにできない。

冒険者でもふたりで行うことが多いが、グレンは別だ。

もう何度もひとりで引き受けているため、役人も不思議に思わずグレンに任せる。

「ええ。わかりました。終わったら声をかけますね」

「よろしくお願いします」

そう言って役人は、そばにある官舎へと入っていく。

グレンはそれを見送ると、さっそく掃除用具を手にとった。

まずはバケツに水をくみ、雑巾を絞る。

今日の依頼は日常的な掃除なので、そう専門的なものでもない。

全体を拭いて、塗装ハゲや破損がないかを確認するくらいだ。

そして最後に、獣避櫓の中にある魔石を入れ替える。

この魔石が動力源なのだ。

魔石はその名の通り魔力を帯びた石で、その魔力を使って様々な道具を動かすことができる。

獣避櫓は、万が一にも魔力が切れたら大変なので、定期的に魔石を取り替え、動力切れが起こらないようにしている。

「さて、始めるか」

つぶやくと、グレンはふわりと浮かぶように跳び上がって、獣避櫓の屋根に着地する。

そしてさっそく掃除から始めるのだった。

十五メートルも飛び上がるのは、当然、普通ではない。

しかしグレンはそんなこと気にもとめず、機嫌良さそうに拭き掃除を始めるのだった。

住人とは仲良くなれたし、ちゃんと馴染めているようではあるが、まだまだ感覚がずれたままのグレンの、これが日常的な暮らしだった。

●

グレンの冒険者暮らしは、ゆったりと続いていた。

一攫千金とは無縁の便利屋生活ではあるが、存外にお金には困らない。

というのも、先の獣避櫓整備にしても、本来ならふたり以上でやるようなことを、無意識にひとりでこなしているのだ。当然、ひとりだからといって報酬が減らされるようなことはない。

一つ一つは慎ましやかな依頼であっても、何人分もこなしていれば、むしろ懐には余裕が出てくる。昼時を少し過ぎた街を歩きながら、ギルドに戻ったらもう一つクエストを受けてみようかとさえ、グレンは思う。

今日はもう終わりにしてしまってもいいのだが、ちょっと時間が余りすぎている気もする。

そんなふうにふらふらと街を歩いていたグレンは、通りの向こうに見知った顔を見かけた。

向こうもこちらに気付いたようで、周囲の騎士に二言三言告げると、驚いたようにこちらへと駆け寄ってくる。その女騎士は、もちろんエルアナだった。

彼女は王国の姫ではあるが、護衛が必要かというと実は怪しい。

彼女は決して、王女という出生だけで今の地位にいるわけではない。

生まれが有利だったのは事実だが、実力で今の地位にいる武官だ。

腰の細い見た目からは想像できないが、彼女はこの国随一の騎士でもあるのだ。

護衛につくその辺の騎士たちよりも、確実に強い。

彼女がこの街の責任者なのも、いざというときに対処できる戦力としてであり、その武威が魔族の中にも伝わっているからこそだった。

魔族は基本的に、強い者に敬意を払う。この街に来る魔族は人間に好意的なほうなので、必ずしも強さだけを重視するわけではないが、平均的な部分で言えばそうなのだ。

そしてエルアナは、そんな魔族たちの殆どが敬意を払うような、トップクラスの力を持っている。

だからこそ、先の護衛騎士たちもあまり食い下がらずに受け入れ、彼女はひとりでグレンのもとへ来たのだ。

「おお、エルアナ。久しぶりだな。今日は視察か？」

「あ、あなた……グレンがなんで……ここに？」

ほがらかなグレンとは対照的に、エルアナが声を潜めた。

「え？」

いつもとは違う様子のエルアナに首をかしげたグレンは、はたと思い出す。

今の自分は彼女と会っていたころの魔王ではなく、ただの一庶民だ。

姫騎士様に気軽に声をかけていい立場ではなかったな……と、またもずれたことを考える。

「失礼いたしました、エルアナ姫。ご機嫌うるわ――」

「ひ、姫とか言わないで。とりあえずこっち！」

彼女にぎゅっと手を握られ、そのまま近くの店へと引きずり込まれる。

外からは見えない奥の席にグレンを引っ張っていくと、彼女は適当に飲み物を注文した。

店主は突然エルアナ姫が来たことに驚きつつも、騒ぐことなく対応した。その背中には、緊張がみなぎってはいたが。

グレンが引き込まれた店は、少しおとなし目の酒場のようだ。

ギルド付近の大衆的な店よりは静かだ。早めに飲み始めている客もいるが、談笑している程度で騒いではいない。かしこまった店でもないようなので、とても落ちつく。

グレンたちも、さほど目立ちはしなかった。

「お、おまたせいたしました」

直接対応する店主だけは、エルアナに気付いているので慎重に飲み物を置いていく。

比較的フランクなほうとはいえ、エルアナはこの国の王女なのだ。そりゃ緊張もするだろう、と元魔王であるグレンは他人事のように思った。

運ばれてきたお茶に口をつけながら、グレンは彼女を見る。

会うのは数ヶ月ぶりだが、以前だって頻繁に会っていたわけでもないから、殊《こと》さらに期間が空いたわけでもない。

それでも、エルアナは相変わらずきっちりとした印象だなと思うのは、もしかしたら自分の乱れた生活を思ってのことかも知れなかった。

いや、食生活や住環境は、グラシアヌのおかげでだいぶ向上したのだけれど。

「どうして、グレンがここにいるの？　視察なんて聞いてないけど」

たしかに魔王引退の事情を知らなければ、お忍びの視察か何かだと考えるのは妥当だ。

言葉こそ少し咎《とが》めるようなものだったが、しかし、エルアナの声色は多くの動揺と少しの喜びでできていた。

「なんで、か。うん、そうだったな」

グレンは軽く頷いた。

今のグレンは、ただの一庶民。彼女には口止めをしておかないといけないのだ。

どうしても隠しておかなければならないわけではないが、魔王であることが知られるのは、あまり歓迎できない。

「俺が魔王としてするような仕事は、もうほとんどないからな。今は一市民として、この街に住んでるんだ」

「え、えっ!?　どういうこと!?」

突然の告白に混乱したエルアナは、慌てながら聞き返してくる。

「そのままだよ。魔王を辞めて、ここで暮らしているんだ。だから、俺が魔王だって話を、あまり公《おおやけ》にはしないでくれよ」

本来なら、これは大ニュースだ。

それをさらっと言ってしまうグレンに、エルアナは混乱している。

「支配の象徴としてはともかく、実質的な部分で言えば、今回の交流達成で俺の仕事は終わったからな。もう隠居することにしたんだ」

なにか事件があれば別だが、そんなものはないほうがいいに決まっている。

グレンは動かすタイプの人間で、維持することに向いてはいなかった。

平和な世界では、大人しく暮らしているほうが合っているのだ。

そう話すと、エルアナは曖昧に頷く。

「まあ、そう、なのかな？　たしかにグレンは、落ち着いてきっちり政治をするってイメージはないけど……」

エルアナの頭に浮かぶのは、自国の優秀な文官たちだ。

彼らは様々なデータ、書類を揃え、国民の声を聞き、慎重に物事を動かしていく。

安定した時期においては、ゆっくりと驚かせないように物事を動かすほうが、波風が立たなくていいことが多い。

もちろん、緊急時にそれをやっていてはどんどん被害が広がってしまうのだが。

だからやはり、向き不向きは重要なのだ。

「内密ではあるが、王には俺の部下を通して話がいってるはずだ。……この街で暮らしてるとまでは、まだ言ってないが」

血筋が重要な人族とは違い、魔族にとって重要なのは力と立場。

魔王の座を抜きにしたグレンは、高貴でもなんでもない。

その力で畏怖されることはあるが、こうして街で普通に暮らしている分には、その辺の魔族と変わらない。

「そうなんだ。なんだか、とても心配なんだけど……」

「ん？　なんでだ？」

グレンは首をかしげる。

グラシアヌの助けによるところが大きいが、生活に関してはとりあえずこれといって問題はなく、平均的な便利屋的冒険者として上手くやれている自信はあるのだが……。

「グレンって結構、ずれたとこあるしなぁ……」

幼い頃から知っているエルアナは、そう言って疑いの眼差しを向けた。

「それについては、エルアナだって人のこと言えないけどな」

グレンがそう返すと、彼女は心外だとばかりに驚きの表情を浮かべてみせた。

ただ、すぐに納得したように頷く。

「そうかも。なんだかんだ、戦いしかしてないしね」

武力によって身を立てているという点で、グレンとエルアナは近いところがあった。

「それで、本当にこのままこっちで暮らすの？　ちょっとだけ視察に来たとかじゃなくて？」

「ああ」

グレンは迷うことなく頷いた。

「視察……というか魔族側の動きを見たり、ちゃんと馴染めるようフォローしたりするような人材は、別でちゃんと来てるしな」

同じように、グレンのことを魔王だと知っている魔族も、少数だがいる。

混乱を避けるためにも、あまり接触しては来ないが。

人族と魔族の交流という、前例のない状況だということもあって、裏でも多くの人が絡んでいるのだ。

「そうなんだ。じゃあ、ずっとこっちにいるんだ……」

エルアナはそうつぶやくと、くるくると自分の髪を弄んだ。

「……この街には慣れた？　普段入れないところも、わたしが案内しよっか？」

「ありがとう。でも大丈夫だ。今の俺は魔王としているわけじゃないしな。一般人では入れないようなところは、チェックしなくても大丈夫と思うし」

グレンはお茶を軽く飲んでから続けた。

「それに今は、冒険者として街のあちこちにけっこう行ってるしな。そこそこ詳しいと思うぞ」

「そ、そうなんだ……」

なぜかちょっとがっかりした様子のエルアナに、グレンは首を傾げたのだった。

「でも、グレンが冒険者ってなんだか心配だよ」

「……そうか？」

エルアナの言葉に、グレンは疑問を抱いた。

「それなりに実力はあるつもりだが……」

「逆よ逆。普通に冒険者やるにしては、グレンの戦闘力は過剰でしょ」

「いや、戦闘メインにしてないからな」

グレンの返答に、エルアナは再び驚きを露《あわら》にした。

「え、じゃあ何してんの？」

「獣避櫓の整備とか、用水路の掃除とか」

「…………」

「エルアナ、すごい顔になってるぞ？」

あまりに驚いたのかすっかり固まったエルアナに、グレンが心配そうな声をかける。

「整備や、掃除……？」

「ああ。ダンジョン攻略だけが冒険者の仕事じゃないからな。でも、騎士のエルアナにはそもそも、冒険者へのそういうイメージはないかもしれないな」

特殊な事態では、王国が冒険者を雇うこともある。新しく発見されたダンジョンの調査や、規模の大きな討伐などだ。でもそんなときに雇われるのは、戦闘に特化した冒険者たちだろう。

王国軍を率いたエルアナに、冒険者＝戦闘の専門職という先入観があるのは当然だな、と思いながらグレンはフォローを入れた。

だが、エルアナが驚いていたのはそこではなかったようだ。

魔王として並外れた武力を持ち、そして世間の常識からずれたグレンが、自分から進んで人々の生活に密着した小さな依頼を受けていたことにこそ、驚いているらしい。

殴って壊す、魔法で吹き飛ばす、そんな荒事ではない案件ばかり。それが今のグレンの仕事。

それに対する反応で、エルアナがグレンにどんなイメージを持っていたのかがよく分かる。

「なおさら心配なんだけど……ちょっとついていっていい？　一応、この街の責任者としては、グレンが実際にどういう生活を送っているか視察する、という建前も作れるし」

「建前って言っちゃうんだな。まあ、構わないぞ」

グレンは頷くと、お茶を飲み干して席を立つ。

それだけで秘密を守ってもらえるなら、お安いご用だ。

自分が立派に、普通の冒険者をしている姿を見てもらおうと思った。

その姿はどこか子供っぽく、彼のそんな様子にエルアナは嬉しそうに目を細めた。

さっそく店を出て、ギルドで新しい依頼を受けると現場に向かうのだった。


「どっちにしても、人族の常識を教えるために、わたしがグレンのそばにいたのほうが都合はいいよね」

「ああ、それは確かにそうだ」

歩きながら、グレンは頷く。生活のことはグラシアヌがいるが、彼女もあくまで魔族だ。

「俺はずっと城にいたから、魔族のなかですら常識はないからな。だから魔族の暮らしのことも、今はグラシアヌに教わっている状態だし」

「グラシアヌ？」

始めて聞く名前に、エルアナは首をかしげた。グラシアヌは元からの配下ではないから、旧知の彼女にしても当然だろう。

「ああ。今、俺の家で働いてくれているメイドだよ。こっちに引っ越してくるときに出会って、そこからはずっと一緒にいる」

　グレンに使用人がいること自体は、自身も姫であるエルアナにだって不思議ではないだろう。

「……ふうん。言ってくれれば、王国側からメイドを派遣することもできたのに」

「そっちの城から特別待遇を受けてたら、いつまでたっても庶民じゃないだろ。今の俺は魔王じゃないんだ。エルアナもそう思ってくれよ」

　グレンはそのことを、とても嬉しそうに言う。そんな彼を、エルアナは複雑そうな表情で眺めた。

「うん。それがグレンの望みだったんだよね。それでなんのクエストを受けたの？」

「……お、崩れた塀の除去だな。職人を呼んで作り直してもらうから、問題ない部分も含めて一度全部取っ払って、瓦礫も片付けてほしいらしい」

「ふうん……って、それなのに手ぶらなの？　道具はどうするの？」

「うん？　道具？」

　首を傾げたグレンに、エルアナはやれやれ、というような目を向けた。

「壊す……のは、あなたなら簡単なんだろうけど、崩した後の瓦礫を持ち帰るのには台車とかが必要でしょう？」

　至極まっとうなことを言ったつもりのエルアナだったが、そもそも塀のレンガを全て、素手で崩すことが前提なのもおかしいが、そのあたりは、グレンをよく知るが故だろう。

　ちなみに、素手で塀を崩すこと自体はエルアナにも可能なので、ふたりは基準そのものがバグっていた。

しかし運搬のことを言われても、グレンはまだ首を傾げたままだ。

「いや、瓦礫は除去できれば大丈夫だ。別に、持ち帰る必要はないよ」

「えっと……」

エルアナがどうツッコもうか迷っているうちに、現場に到着する。

敷地の外にエルアナを残し、グレンは依頼人に声を掛けるべく玄関のほうへと向かう。

「こんにちはー、ギルドから来ました」

グレンが声をかけると、中からはおばさんが出てきた。

すでに顔見知りの彼女はグレンを見ると笑顔をうかべたあとで、困ったように塀へと目を向けた。

塀は頑丈そうなレンガ造りだが、一部が崩れてしまっている。それでも八割ほどはまだ健在で、しっかりと積まれていた。

「ああ、グレン。今日もあなたが受けてくれたのね。その塀なの。ぐるっと全部、よろしくね」

「ええ、お任せください」

相手への対応は思ったよりしっかりしてるみたいね、と塀の影に身を隠しながらエルアナは思った。隠れているのは、おばさんをびっくりさせないためだ。

魔族にもほとんど顔を知られていないグレンとは違い、エルアナは頻繁にあちこちに顔を出している。人族の多くは、彼女を知っている。お姫様としてだろうが騎士としてだろうがこの街の責任者としてだろうが、彼女がいきなり家に顔を出せば驚かせてしまう。

その配慮ができる程度には、エルアナは常識人だった。

隠れてのぞき見ている姿を後ろから見られれば、かなりの不審者ではあったが、そのあたりも抜かりはない。戦闘力の高い彼女は、近よってくる気配もばっちり感知できるのだ。

……そんなふたりの、根本的な意識のずれについてはともあれ。

依頼の確認を終えると、グレンはさっそく塀へと向かう。

おばさんが家の中に引っ込むと、隅に隠れていたエルアナも姿を現して合流した。

グレンはちらっと塀の全体を見て、周囲に人がいないかも確認した。

「エルアナ、一応、もう少し塀から離れてくれ」

「え？　うん」

言われるままにエルアナが塀から離れると、グレンの手にぼうっと黒っぽいゆらぎが現れる。

「え？　まさか……」

魔法を？　とエルアナが言うよりも早く、グレンの手からは紫色の炎が放たれ、塀をぐるりと包み込んだ。

家などは避け、塀だけをきっちり包んでいるその精度は常識はずれだ。

通常、こういった範囲系の魔法は、ざっくりと広範囲に向かって放たれる。それだって慣れないうちは、範囲が広がりすぎて危ないこともあるのだ。

しかしグレンは常識はずれの精度で魔法をコントロールしている。塀だけを包み込んだ紫の炎は、他のものには燃え移っていない。

エルアナが驚いているうちにも、一瞬、ごうっと強く燃え上がったかと思うと闇の炎は消失した。

そこにあったはずの、塀ごと。

「よし、終了っと」

「グ、グレン……？」

「うん？」

ひと仕事終えてやったぜ、みたいな表情のグレンに、顔を引きつらせながらエルアナが尋ねる。

「あなたはいつも、こういう感じなの？」

「こういうって？　まあ、だいたいこんな感じだが？　仕事が早くて喜ばれるんだ。ちょっとまっていてくれ」

そう言ってグレンは再び声をかけ、短く会話しておばさんから割符をもらう。

仕事の早さと、きっちりと消失した塀に、おばさんは喜んでいた。

本来ならこんなに早く、こんなに綺麗に塀を片付けることなどできないだろう。だから彼女をはじめ、住人からの評価が高いのは理解できる。が……。

「方法、メチャクチャすぎない？」

対象を指定しての範囲攻撃なんて、混戦状態でこそ役に立つ技術だ。

本来なら決して、塀を壊すのに使うようなものではないのだ。

「そうか？」

しかしグレンは、どういうこともなさそうに首を傾げていた。

「魔族ではそれが普通なの？」

エルアナは、魔族と父王が和解した後のことしか知らない。騎士として実戦に出ても、それはモンスターか、他国の人間を相手にしたものだった。

人族にしては魔族の領地に出入りしているほうだが、日常生活への知識はたかが知れている。

だからもしかしたら、魔族にとっては普通なのかも、と思って尋ねてみたが……。

「いや、大半の魔族はぶん殴って適当に壊すだろうな。こういうちまちましたのは珍しい。むしろ、人族のほうが細かい仕事が得意じゃないのか？」

と、あっさり言うのだった。

「そう、そうね……。人族のほうが器用ってことになってはいるわね」

なるほど、やはりグレンはとんでもないな、とエルアナは頭を抱えつつ、これは自分がついて人族の常識を教えなければと頬を緩めるのだった。

●

ギルドに報告を終えて、グレンとエルアナは帰路につく。

「せっかくだから、うちにもくるか？」

というグレンの誘いに、エルアナは一も二もなく頷いたのだった。

メイドであるという、グラシアヌのことも気になるし。

ギルドから離れて街の奥へ進むと、住宅街になる。

この街は最初から、人族と魔族が暮らすことが想定されて広げられている。そのため住宅街は区画が分けられており、魔族が暮らす場所と人族が暮らす場所が互い違いになっていた。

道行く人々はみな、グレンたちへと目を向けていく。

「やっぱエルアナは人気だな。歩いてるだけですごい見られる」

「そう？　グレンを見ている人も多くない？」

「まあ、俺はこの辺に住んでるからな。知り合いが有名人と歩いてたらびっくりしない？」

「なるほどね」

そう言ってエルアナは頷いたが、内心はよくわかっていなそうだった。

グレンのほうだって、実際のところはよくわかっていない。

魔王であれ姫であれ、彼ら自身が目立つ側だ。生まれながら注目が多い立場だったから、気にはならない。ふたりは注目を浴びつつ、グレンの家に到着した。

鍵の音に合わせて家の中で気配が動き、グレンが扉を開けたときにはもう、玄関にグラシアヌの姿があった。

「おかえりなさいませ、ご主人様。……あら、そちらの方は――エルアナ姫っ!?」

グレンが連れてきた相手に、グラシアヌは驚いて固まった。

エルアナは魔族の中でも有名なお姫様だ。

この街の責任者だというのもあるが、頻繁に魔族の国に出入りしていたからである。

魔族の多くは力を重視する。その意味でも、人族屈指の戦闘力を持つエルアナは、多くの魔族にとって一目置く存在なのだった。

それなりには戦えるグラシアヌだが、エルアナよりは弱いだろう。

王国の姫という立場を抜きにしても、魔族的な感覚でいえば格下なのだった。

エルアナのほうは人族なので、相手の強さで格の上下を測らないだろうが。

彼女のほうはむしろ、グラシアヌの容姿と格好に意識が向いていた。

「グ、グレン……？」

「ああエルアナ、彼女がグラシアヌだ」

まずは、グラシアヌを簡単に紹介する。グラシアヌのほうはエルアナを知っているようだったので、「彼女とは前から知り合いでね」とだけ伝えた。

グレンとしては気にもしていなかったのだが、グラシアヌにはまだ、自分が元魔王だとは言っていないのだ。ちょっとぼかしておきたい。

「ご主人様、やはりすごい人だったのですね。いえ、人脈だけがすごいわけではないですが……」

そう言われて、グレンは困ったように少し視線を上へあげた。

確かに、エルアナと知り合いだという魔族は限られてくる。

彼女は人族のお姫様で、魔王城以外の場所ではたくさんの護衛を連れているのだ。グレンのような冒険者と知り合いというのは、けっこうおかしな話だろう。

「ね、ねえ、それより彼女の服……」

「服？」

うろたえた様子のエルアナに、グレンは注意を向けた。

そのエルアナは、グラシアヌをじっと眺めている。

「エルフだし……かなりかわいいタイプなのね。スカートも短いし」

「ああ……そんなに短いか？」

「む、胸がすごいのは、まあいいとして」

グラシアヌは爆乳であり、その深い谷間がくっきりと見えている。

まあそれを言えば、エルアナもかなりの巨乳であり、目を引くことに違いはないのだが。

とはいえ、そこまで過度に短い、というわけでもないと思うのだが。むしろ、動きやすい服装のエルアナのほうが、露出は多いような……。

「魔族のメイドは、こういうものなのです。人族に比べると、大胆かもしれませんね」

当のグラシアヌは、エルアナ姫が家に来た衝撃から立ち直ったのか、しれっと答えた。

「魔族はそうなの？　うちのメイドはみんな、ロングスカートなんだけど」

エルアナは疑い半分にグレンに問いかけた。

「うーん」

グレンは少し考え込むようにしてから、言った。

「俺の知る限りは、前のメイドもミニスカートだったかな。むしろグラシアヌはおとなしいほうだと思う」

魔王城の……とは言えないが。まあ確かに、大胆な恰好のメイドは多かった。

「そ、そうなんだ。じゃあ、そういうものなのね。失礼したわ」

「……あら、グレン様？　もっと派手でもよかったのでしょうか……？」

うなずくエルアナの後ろで、グラシアヌがひとりつぶやいた。

メイド服の露出度については、そもそもグレンに付けられていたメイドたちは見目麗しく、魔王のお手つきになることを期待されていた娘たちである。その多くは、幹部の愛娘たちだ。

スカートが短いのはサービスであり誘惑だった。決して、魔族全体が露出多めというわけではない。もちろん中には、体型や翼があったりといった特徴のせいで、あまり布地が多い服に馴染みのない種族もいるのだが、決してそれが「魔族の常識」ではない。

ただ、それを知る者はこの場にいないのだった。


エルアナも夕食に同席にすることになり、準備が進められる。

グラシアヌはお尻をふりふりと振り、躍《おど》るようにしてスカートを翻《ひるがえ》しながら料理をしていた。

ちらちらと下着が見えそうになり、誘惑しているようにも見える。

「あれも『常識』なの？」

半ば咎《とが》めるように尋ねるエルアナに、グレンはもっともらしく頷いた。

「楽しいことの最中に上機嫌になるのは、魔族でなくても普通だろう。軽く踊るみたいになってしまうのも、子供っぽくはあるかも知れないが、普通だよ」

「はぁ……」

エルアナは小さくため息をついた。

最初こそグラシアヌの言葉を信じ、魔族の常識なら、と思ったエルアナだったが、すぐにおかしいのではと思い始めていた。

圧倒的な強さ故に物事をあまり細かく捉えないグレンと違い、人としての体面もあるエルアナは比較的常識人だった。

いくら人族と魔族では習慣が違うとはいえ、それは体の仕組みや独自の信仰によるもののはずだ、と考える。

でも、相手は身体能力に優れるエルフだ。あの動きでバランスをとっていると言われれば否定できない、のかしら……と考え込み、小さく首を横に振るエルアナだった。

「まあまあ、そんなに難しく考えないでください、エルアナ様。お待たせいたしました」

エルアナの葛藤を見抜いたかのようなグラシアヌが、料理を終えてテーブルへと来た。

彼女は次々と料理を並べていく。

そして準備を終えたグラシアヌは、グレンの横に座った。

メイドが一緒に食事を摂る、というのは王族としてはまずないことだが、ここは城というわけでもないし、エルアナもさほど気にしなかった。

もとより、騎士団でだって他の騎士たちと同じ食卓を囲むこともある。

だが……。

「ご主人様、あーん」

「あむっ。うん、美味しいよ」

「あの、それは……」

グラシアヌがスプーンでグレンにスープを飲ませているのを見て、思わず声をかけた。

「最初の一口はこうするのが、魔族の普通なのです。ほら、エルアナ様もよろしければ。あーん」

グラシアヌが手にしたスプーンが、エルアナへと差し出される。

さすがにそれは嘘でしょ、と思ったエルアナだが、否定しかけて止まる。

そのスプーンは、先程グレンの口に入ったものだ。

エルアナが断れば、グラシアヌはそのままこのスプーンを使うのだろう。

「……まあ、そういうことなら。あーん」

「♪」

エルアナは違和感を覚えつつも、欲望に屈した。

スープは溶け込んだ野菜の味と肉の旨味が合わさっており、城で出されるものと遜色ないほどの美味だった。

ひとりでこれを、とエルアナは素直に感心する。グラシアヌの料理の腕は確かなようだ。

ちなみにグレンの味は、よくわからなかった。そこはちょっと残念だ。

そんなエルアナに、グラシアヌはとても満足そうだった。

それ以降はつつがなく楽しい食事を終えると、風呂の時間になる。

「じゃあわたしはそろそろ……」

とエルアナが腰を上げかけた途端、見計らったかのようにグラシアヌが言った。

「ご主人様、お風呂から上がったら、私が夜のご奉仕♥をいたしますね♪」

「ちょ、ちょっと待ったっ！」

エルアナは思わず、そう声を上げていた。

「どうしたのですか？」

すっとぼけたようなグラシアヌに聞かれると、エルアナは恥ずかしさに少し顔を赤くしながらも言った。

「よ、夜のご奉仕ってて っ……」

その隙に、グレンはのんびりと風呂へと消えていった。

「それはもちろん、ね？」

グラシアヌの妖艶な笑みに、エルアナは同性なのに照れてしまう。

それと同時に、そんなふうに女を感じさせる彼女が言う「夜のご奉仕」と聞いて、警戒せずにはいられなかった。

「でも、メイドによる『夜のご奉仕』は人族でもありますよね？」

「つ……そ、そうだけど！」

エルアナとて、性知識がないわけではない。

経験こそないものの、年頃の女の子として興味津々だった。

だから夜のご奉仕が意味するところも、それがよく行われていることも、知っている。

いや、それは彼女が意識しすぎているだけで、実際にはそんなにどこでも行われているわけではないのだが。そんなところは、エルアナも一般庶民とはずれている。

ともあれ、これに関しては「そんな常識はない」と言い切ることはできなかった。

それどころか彼女の顔には、グレンに対する性的なことへの興味が出てしまっていた。

「そうだ、エルアナ様。もしよろしければ、一緒にご奉仕しませんか？」

「え、ええっ!?」

「ご主人様もきっと喜びますよ。それに、人族と魔族のご奉仕の違いを学ぶのも、いいことだと思いませんか？」

「そ、そう、かしら……？」

好奇心と羞恥心でエルアナは揺れ動いていた。

しかしその迷いは、最初から頷くほうへと傾いているようだった。

元々、彼への好意はあったのだ。それがあのときの婚姻話で、加速してしまっている。

今、風呂に入っているグレンのことを想像すると、彼女の顔はさらに赤くなった。

「ええ。エルアナ様にご奉仕されて喜ばない男はいませんよ。もちろんご主人様も、ね？」

妖しい笑みを浮かべながら、グラシアヌはエルアナに近づいてささやく。

その声はすんなりとエルアナの中に入ってきた。

「それに、興味ありませんか？　ご主人様の、男らしいところ」

「お、男らしいところ……？」

「私たちにはないところ。ご主人様の、おちんちん」

「おちっ……！」

グラシアヌの誘惑に、エルアナが動揺を露《あらわ》にする。

そんな彼女を可愛く思いつつ、グラシアヌはさらにそそのかしていく。

「今後のためにも、いいと思いませんか？　それにこれだって、立派な交流ですよ？　ね？　ほら、ご主人様も、そろそろお風呂から上がってきますよ」

「そ、そうね……これも、交流だから……」

エルアナが押し切られたところで、グレンがのんきに風呂から上がってきたのだった。


「今日のご奉仕は、エルアナ様も一緒ですよ」

「えっ？」

風呂上がりに唐突にグラシアヌにそう言われたグレンは、思わず驚きの声をあげた。

その隣では、顔を真っ赤にしたエルアナがうつむいている。

一見、顔を合わせられずに下げているようで（それも間違ってはいないのだが）、彼女の視線はラフな格好をしたグレンの姿に興味津々であった。

ふたりに連れられて、グレンは寝室へと向かう。

グラシアヌと寝室へいくのはもう慣れているが、エルアナがいると、なんだか緊張するような、むず痒いような気持ちだった。

「さ、ご主人様、こちらに」

暗い部屋の中、グラシアヌはグレンを脱がしながら、ベッドへと誘導する。

しかし、エルアナははそろそろ帰るものとばかり思っていたのだが……。

最初からグラシアヌの奉仕は受けるつもりだったグレンは、すぐに全裸になった。

「わわっ……」

エルアナが思わず、といった感じて、顔を両手で覆った。

しかしその指は隙間だらけであり、視線は露になったグレンの股間へと向いていた。

エルアナのむっつりはグレンからも丸わかりで、女性に見られる恥ずかしさを感じつつ、性を意識させるエルアナの姿にもすぐに反応した。幼いころから知る彼女だが、すっかり魅力的な女性に成長している。

「ほら、エルアナ様、これがご主人さまのおちんちんです♪」

そう言って、グラシアヌの手がまだ膨らんでいない肉棒をつまんだ。

エルアナに見せやすいように軽く持ち上げられると、わずかに血流が流れ込んで膨らむ。

「あぅ……これが、グレンの」

「そうです。さ、優しく握ってみてください」

「い、いいのかな……？」

エルアナは伺うように、しかし期待を込めてグレンを見た。

グレンはその初々しい反応を可愛く思いながら、頷く。

「じ、じゃあ……」

エルアナの手が、恐る恐る肉棒を握った。そのままふにふにと肉棒を刺激してくる。

「あ、あっ、なんか、膨らんできてるっ……！」

そのたどたどしい手付きが、かえってグレンを興奮させた。

彼女の手の中で肉竿はどんどん硬さを増していく。

「あら♥　ご主人様、エルアナ様の手で気持ちよくなってるんですね♪」

エルアナを褒めるような、グレンを言葉責めするような、喜色を孕んだグラシアヌの声。

「これが、ぼ、勃起ね。グレンのおちんちんが、私の手で……はぅ♥」

その形を確かめるように、きゅっと少しだけ力が込められる。

「確か、上下に動かすのよね」

彼女はおぼつかない手つきながら、剛直をしごきはじめる。

「うっ……」

お姫様の手が、肉棒を握っている。幼い頃から知っているエルアナの、すっかり女のものになった細い手が、自らの男をしごいている。その状況に興奮が増していった。

「うぁ……エルアナ……」

「グレン、気持ちいいの？　ここ、擦られるの」

彼女の手が、傘の裏側を責めてくる。

「ああ」

「そうなんだ。じゃあもっと、しこしこっ」

エルアナは拙《つたな》いながらも、一生懸命に肉棒をいじっていく。

その様子も含めてとてもそそるものがあるが、反面、物理的な刺激としてはちょっと物足りなさも感じていた。

気持ちよくはあるが、イケはしない。そんなもどかしいような快感がグレンを包み込んでいた。

「エルアナ、うっ……」

「つ、強すぎた……？」

グレンの出した声を聞いて心配そうに尋ねながら、エルアナはすぐに手の力を緩めた。

「違いますよ、エルアナ様」

そう言いながら、グラシアヌも肉棒を握り、その指先をエルアナの手に重ねる。

「ご主人様は、もどかしいのです」

「もどかしい？」

「もっとぎゅっぎゅっ、しこしこって強くしてほしいのですよ。こんなふうに」

「ああっ！」

グラシアヌは、エルアナの手ごと強めに握って肉棒をしごきながら、親指で裏筋のところをいじってきた。

突然の快感に思わずグレンの腰が跳ねる。

「わっ、すごい反応……」

「まだまだです。ほら、ご主人様のおちんぽから、我慢汁が出てきました」

「ほんとだ、ぬるぬるしてる」

「んくっ、っぁ！」

エルアナが好奇心からか、我慢汁を指先で弄り回す。

粘液が出てくるそこを興味深そうにいじられると、鈴口から鋭い快感がのぼってくる。

彼女たちの手はグレンの肉棒をしごき、時に鈴口を、時に根本を追加でいじられ、グレンの射精感は高まっていった。

まだまだ恥ずかしさと、それ以上の興味を浮かべて肉棒を握っているエルアナ。

それを喜ばしく見つつ、自らも興奮しているグラシアヌ。

そんなふたりの様子もまた、グレンにとってはとても魅力的だった。

「うぁ……」

そんな状態で長く我慢できるはずもなく、グレンは限界が近いのを感じた。

「そろそろですよ、エルアナ様。ほら、ご主人様のおちんぽ、太くなったでしょう？」

「わっ、ほんとうだ。パンパンになって、先っぽがひくひくしてる……」

「ぐっ、あっ……」

覗き込むようにしたエルアナの吐息がかかり、グレンが声を漏らす。

それに合わせて、グラシアヌは激しく肉棒を擦り上げた。

「う、あ、出るっ！」

ビュクンッ！　ビュク、ビュルルルルルッ！

「ひゃうっ！」

「あぁ……♥」

ふたりぶんの手コキを受けた肉棒から、精液が勢いよく吹き上がった。

エルアナは突然の射精に驚き、グラシアヌはうっとりとそれを眺める。

高く飛んだ精液は、彼女たちの顔と手、そして胸元を汚していった。

「あぅ……これが、グレンの精液？」

手についたそれを、エルアナが興味深そうに眺める。

どろりとした精液が彼女の手を伝っていった。その表情はとても色っぽく、艶めかしい。

「れろっ……あぅ……」

精液を軽く舐めたエルアナは、小さく声をあげた。

「ご主人様、ちゃんと出し切りましょうね♪」

そう言ったグラシアヌが肉竿を軽くしごくと、残っていた精液まで溢れてくる。

「うぐっ……」

射精直後の強い刺激に声を漏らしたグレンだが、グラシアヌは丁寧な手付きで、肉棒をから精液を搾り取っていく。グラシアヌの指先がそれを拭い取ると、出し切ったグレンの肉棒は落ち着きを取り戻していったのだった。

「あうぅ……」

一旦冷静になったエルアナは、羞恥で顔を真っ赤にしている。

その様子を、グラシアヌは楽しげに眺めていた。

「さすがに今日はここまでですね……ご主人様、続きはまた後で♥」

グラシアヌの淫靡な囁きは、グレンの耳にすっと入ってくるのだった。

●

グレンの朝は、いつもどおりご奉仕で始まる。

「んっ……ちゅ、れろっ♥」

股間から湧き上がる気持ちよさで目を覚ますと、グラシアヌのフェラが少し激しさを増した。

「れろろろっ、ちゅ、じゅるっ♪」

「うぉ……」

すでに十分にしゃぶられた後らしく、もう出してしまいそうなほど気持ちがいい。

ただの朝勃ちとは違う、心地よい射精感がこみ上げてきた。

「ちゅぷっ……おはようございます、ご主人様」

「ああ、おはよう」

挨拶のために口から開放された肉棒が、物欲しそうにぴくっと跳ねた。

その反応に気付いたグラシアヌは、嬉しそうに目を細める。

そして掌で、亀頭をよしよしと撫でてきた。

彼女の唾液で濡らされた先端に、柔らかな手の感触が触れる。

気持ちよさはもちろんあるが、すでに高められた肉棒には物足りなく、もどかしい刺激だった。

「ご主人様のおちんぽが、私になついてきてるみたいです。すりすりって」

「おぅっ……！」

優しく先端を撫でられ、その指先が鈴口を擦る。

柔らかな中に鋭い刺激がはしり、我慢汁が溢れ出した。

唾液とは違う粘性のある液体を、グラシアヌの細い指がにちゃにちゃとかき回していく。

「はぅ♥　おちんちん、こんなによだれを垂らしてます。ほら、えっちなお汁がどんどん溢れて、ご主人様の匂いがします♥」

うっとりと言いながら、彼女が肉棒へと顔を近づける。

そしてくんくんと鼻を鳴らした。

肉棒に軽く息がかかり、ぞわりとした快感が腰へと伝う。

「はぁ……♥　この匂いを嗅いでいると、エッチな気分になってしまいます♥」

瞳をうるませて言った彼女は、再び肉棒を口へと含んだ。

一度外に出されて外気にさらされていたそこが、温かくぬめった口まんこへと包み込まれる。

「れろっ……ちゅ、ぺろ。あむっ、じゅるっ」

そして彼女は、肉棒を深く咥えこんで味わっていく。

舌先でカリの裏側をちろちろと舐め回され、頬の内側がでっぱりをこすり上げてくる。

グラシアヌの綺麗な顔がはしたないフェラ顔になる様子は、グレンの中に潜むオスの支配欲を満たしていった。

「あむっ、ご主人様のおちんぽ、おいしいです♥　反応も素直で、あむっ。れろっ、ちゅっ、ちゅぅうっ！」

グラシアヌの口淫で高められた俺は、湧き上がる快感に身を委ねる。

「私の口に、いっぱいくださいっ♪　ちゅるっ、ちゅっ、じゅぶぶぶっ！」

「うおっ！　あぐっ！」

こちらを追い込むバキュームに合わせ、そのまま彼女の口内で射精した。

飛び出した精液が彼女の口と喉を犯していく。

目覚める前から溜め込まれた快感を存分に吐き出した。

「んぶっ、んくっ、ごくっ！」

エルフ美女の喉が動き、精液を飲み込んでいく。

「んう、れろろっ……きゅぽっ」

彼女の口から肉棒が解き放たれた。

最後に舐め回されたことで、グレンの肉棒には唾液だけがたっぷりとついている。

「ふぁ♥　いっぱい出ましたね、ご主人様♪」

そう言って、彼女は口を開ける。

そこにはグレンが出したばかりの精液が十分に残っていた。

ねっとりとした体液をはしたなく見せてくる美女は、とてもエロい。こうなると、口内に射精したことを改めて意識させられる。

「ん、ごく、ごっくん♪」

そして見せつけるようにした後で、それをしっかりと飲み込んでいく。

「あはっ、ごちそうさまでした♪　さ、今日も元気にがんばっていきましょうね」

グラシアヌは立ち上がりながら言って、さっと身なりを整えるのだった。


「いや、やっぱりおかしいよね!?」

朝のご奉仕を受けた後、着替えたグレンが朝食をとっているとエルアナが訪れた。

「そうでしょうか？」

エルナアは、昨日のことを言っているらしい。

グラシアヌは本気なのかとぼけているのか、首をかしげて対応している。

彼女は事あるごとに「魔族の常識」「普通ですよ」と言っているが、それがどの程度本当なのか、グレンやエルアナにはわかりようがないのだった。

「だ、だってあんな……うぅ」

エルアナは昨日のことを思い出したのか、恥ずかしそうに顔を赤らめた。

その姿はとてもそそるな、とグレンは密かに思う。

「ま、毎晩あんなことをしてるの……？」

「いえ、毎晩ではありません」

「そ、そうなんだ」

安心しかけたエルアナに対して、グラシアヌは笑顔で爆弾を落とした。

「朝のご奉仕もありますし」

「っ!?」

驚きに目を見開くエルアナに向けて、グラシアヌは意味ありげに口を手で覆った。

「えっ、えっ!?」

その仕草にエルアナがさらに動揺し、ヒートアップしそうな気配を感じたグレンは、ひっそりと抜け出して仕事へと向かうのだった。

●

あの後はもう、エルアナが仕事にまで追ってくることはなかったが、結局はまた夕食を共にすることになった。三人での少し緊張感のあった食事を終え、グレンは自室へと戻る。

夜のご奉仕としてグラシアヌが訪れることも多いが、今日はどうだろうか。

昨日のようにふたりで訪れるかも知れないな、とグレンは思った。

エルアナはご奉仕の先のことにも興味津々だったし、グラシアヌも嬉しそうだった。

グラシアヌ自身も耳年増タイプで、実際の異性経験はグレンと知り合ってからだ。

だからなのか、奉仕の先輩になれることが嬉しかったという面もあるように見えた。

あれほどのエルフ美女が何故そこまでグレンに尽くしてくれるのかはわからないが、まあ、魔族には変わり者が多いから、そういうこともあるのだろう。誰かに仕えることが、グラシアヌの中では重要なことなのかもしれない。

まあ単純に、複数人での行為に興奮していた部分もあるのだろうけれども。ともすると、グラシアヌには仕えることより、エッチなことが重要なのだろうか？　そんな気にさえなる。

そんなふうにまったりしていると、部屋のドアがノックされる。

入ってきたのはひとり。エルアナだった。

グレンは、彼女がひとりで来たことに少し驚いたが、それをわざわざ尋ねるようなことはしなかった。その顔が少し真剣だったのも、理由の一つだ。

グレンは彼女に椅子を勧めると、自らもその向かいへと座る。

シンプルにまとめられたグレンの部屋は、グラシアヌの掃除によってとても清潔だった。椅子もテーブルも派手ではないが、上質であることがすぐにわかる。

最近ではグラシアヌのはからいによって、地味過ぎない程度に小物が増えている。

あまりに寂しかった棚の上にはちょっとしたランプが飾られ、インク瓶も細工の施されたおしゃれなものに変わっている。

グレンひとりではどうしても、無味乾燥なものになる。子供部屋からすぐに玉座へと移った彼は、人生の中で部屋のレイアウトを気にしたことなどなかったからだ。

グラシアヌの整えてくれた部屋で過ごし、街中の雑多な景色に触れることで、グレンの感性にも変化が起きていた。実用性だけが全てではない、と。

「どうしたんだ？　まさか、俺の前で緊張してるのか？」

グレンが尋ねると、エルアナはまっすぐに彼を見た。

「その、昨日のこととか、順番が逆なんだけど……」

エルアナはそう言って、ゆっくりと言葉を選んでいるようだった。

整った顔立ちの彼女が、そうして考えごとで黙り込む様子は絵になるなとグレンは思った。

やがてエルアナは意を決したように話し出す。

「わたしは、グレンのことが好き。この街にくる前から、ずっと」

シンプルな言葉に現れる緊張の色は、幼い頃から接している彼女の中でも、一番のものであるように思われた。

グレンはゆっくりと頷いて、その言葉を噛みしめる。

幼い頃から顔を合わせており、初めて会ったときから――そして今もずっと、それぞれに美しいエルアナ。そんな彼女からの、真摯な告白だ。

それは彼女と過ごした時間の長さを伴って、グレンの中にじんわりと染み込んでくる。

驚くようなことはなかったが、ゆっくりと心を満たしていった。

「ちゃんと、言っておこうと思って。……じゃないと、昨日みたいなこと、しないし」

顔を赤くしたエルアナは可愛らしく、緊張はもうだいぶ落ち着いているようだった。

「い、言わないままで関係が進むのも嫌だったしね！」

恥ずかしさをごまかすように言う彼女の顔は真っ赤で、それがグレンを安心させる。

同時に、愛おしさが胸のうちからこみ上げてきた。

「俺も、エルアナのことは好きだよ」

グレンは落ち着いた声でそう言った。当然のことを言ったつもりだったが、いざ口に出してみるとなんだか気恥ずかしく、グレンも照れてしまう。しかし、エルアナの変化はもっと大きかった。

「あうっ、あ、あの、それは、うぅ……」

顔を赤くして動揺する彼女は、騎士としてキリッとしているときの面影もない。

わたわたと手を動かしている姿はむしろ出会ったころのような、大人社会への背伸びに失敗した少女のものだった。

出会ったばかりのときはともかく、グレンたちは互いに相手を意識していなかったわけではない。

進んでいく両国の友好関係のなか、度々引き合わされていたとなれば、国王の意図は明らかだ。

リブロジニア王が言ったように、グレンたちの関係は、人族と魔族の関係にも影響を与える。

そうして意識して顔を合わせていれば、惹かれ合っていくのも自然なことだった。

言葉にすることこそなかったが、お互いにまるで気付いていなかったわけでもない。

ふたりは気恥ずかしさを感じながらも見つめ合い、そのまま自然にベッドへと向かったのだった。

「グレン、んっ……」

グレンは、期待と不安をない交《ま》ぜにしたようなエルアナの唇を塞いだ。

唇同士の情熱的なキスに、エルアナはそっと目を閉じる。

グレンは抱き寄せた彼女の唇と、柔らかな胸を感じていた。

折れそうなほど細い腰は、しかししっかりと彼女の体を支えている。

グレンはゆっくりと彼女をベッドへと横たえた。

衣服が乱れ、白い足が際どいところまで露《あらわ》になる。

エルアナは仰向けのまま、グレンを見上げた。

その瞳は肯定の色を帯び、彼女は小さく唇を突き出す。

グレンはその体に覆いかぶさるようにして、再びキスをした。

今度は軽く舌を伸ばす。

エルアナは驚いたように目を開いたが、すぐに唇を薄く開け、自身も舌を伸ばしてきた。

「れろっ……ちゅ、んっ♥」

互いに舌を這わせ舐めあげていくと、軽い水音が響き、唾液が混じった。

エルアナの緊張は解けていき、力が抜ける。

グレンはそっと、彼女の服に手をかけた。まずは元々大きく開いている胸元だ。

そこをはだけさせると、大きなおっぱいがぶるん、と飛びだしてきた。

「あっ……」

エルアナは恥ずかしそうに胸を隠そうとしたが、すぐに腕をおろした。

「んっ……」

そして顔を赤くしつつも、軽く胸を突き出してアピールした。

そのいじらしさに、グレンの欲望が膨れ上がる。さらに服をはだけさせ、脱がせていく。

肌触りのいい服が、グレンの手によって剥ぎ取られていった。

彼女の白い肌が姿を現して露出が増えるたびに、エルアナは軽く身じろぎをして恥ずかしがる。

恥ずかしさとともに興奮しているだろう彼女のほうも、グレンの服に手をかけた。

パンツを残すのみとなった彼女が、グレンの上半身を脱がしてしまう。

「意外と、筋肉あるんだね。魔法使いタイプだと思ってたけど」

そう言いながら、彼女はグレンの素肌を撫でていく。

細い手が、男の身体を這い回った。胸筋を撫で、その手が腹筋へと滑っていく。

グレンは意識して腹に力を込めた。

「まあ、一応はね」

ちょっと見栄を張りながら、グレンは彼女の下着に手を伸ばした。

「んっ……♥」

お尻をあげて協力するエルアナを脱がせていく。

誘うような赤い下着をおろしていき、足から抜き取る。

小さなその布は、ほとんど抵抗することなく、スルスルと脱がされていった。

「やっ……♥」

パンツを脱がされるとエルアナは小さく声をあげて、秘められたその付け根を隠すように足を組もうとする。

グレンの手はその足をつかみ、やんわりと開かせる。

すると彼女も強くは抵抗せず、おずおずと足を開いたのだった。

ピッタリと閉じた、エルアナの陰裂。

まだ誰にもさらされたことのないそこは、彼女自身と同じように恥ずかしそうにしていた。

「んっ、そんなところ、見られてるとっ……」

エルアナは羞恥に頬を染めて身をよじる。

そしてグレンのほうを、潤んだ瞳で見つめた。

目に宿っているのは、ここからの快楽に対する期待だった。

もちろん、羞恥や不安もあるのだろうが、それを覆い隠してしまうほどの期待が、グレンには感じられていた。

その期待に応えるべく、グレンはまず指先で優しく彼女の土手をなでた。

「あっ、んっ……」

異性に触れられる感覚に、エルアナが小さく声をあげる。

グレンは慎重にクレバスをなぞり、焦らすようにクリトリスの周辺に指を這わせる。

「あぅっ……」

弱々しいエルアナの声とともに、その純真な割れ目から、わずかに愛液が染み出し始めていた。

「ぁ……やっ……♥」

自分でもそれに気付いたエルアナは羞恥で足を閉じようとするが、すでにグレンが股の間に入り込んでおり、閉じられない。

「見られてっ、んっ……♥」

顔を向けたエルアナは、自らの秘所を眺めているグレンを目にして、さらに悶える。

恥ずかしさと同時に、しかしそれは快楽にも繋がっているようだった。

「エルアナのここ、濡れてきてるな」

わざとそう言いながら、グレンは溢れてきた愛液を指先で掬《すく》い、再び彼女の割れ目をなぞる。

「んぁ♥　あっ、んっ……♥」

エルアナの声にはどんどんと甘いものが混じり、艶《なまめ》かしくなっていく。

下のほうも素直で、彼女のそこは水気を帯びて、指の刺激で薄くその口を開いていた。

グレンは慎重に、指を割れ目へと忍び込まれる。

「ひうっ♥」

外側を撫でていたこれまでとは違い、もっと直接的な刺激に、エルアナが声を漏らした。

しかしその刺激は悪くないようで、彼女の中からは新たに愛液が溢れ出していた。

グレンはその陰唇に、そっと口を近づける。

「あんっ♥　そんなに近くで見ちゃだめっ……グレン、んんっ！」

軽く息を吹きかけただけで、エルアナはびくんっと身体を跳ねさせた。

その素直な下の唇に、グレンは優しくキスをする。

女の匂いが鼻から頭へと通り抜けた。

「んぁっ♥　あっ、そんなとこ、あんんっ♥」

舌先で軽く舐めあげると、エルアナは嬌声をあげながら、グレンの頭を手で押さえる。

しかしそれは、決して拒絶ではなかった。

グレンは処女の割れ目を、舌で丁寧に愛撫していく。

味そのものに甘みを含むわけでは決してないが、それでも、エルアナのそこは甘美な味がした。

内襞を舐め、濡れ具合を確かめていく。

「んぁ♥　あっ、あぁ……♥　グレンが、わたしのアソコ、舐めてる、んっ♥」

彼女は羞恥と快楽で顔を赤くしながらも、グレンが自らのそこを舐めている姿をしっかりと見ていた。

「そんなとこ、んぅっ♥　舐めるなんて、あぁ。エッチすぎるよぉ……♥」

弱々しくも艶を含んだ声で言いながら、エルアナはわずかに腰を浮かせて、もっととねだるように秘部を押しつけてくる。グレンはそれに応えて舐め回しつつ、彼女のアソコで自己主張をしている、膨らんだ芽へと舌を伸ばした。

「ひゃうんっ！」

これまで以上の声があがり、エルアナが強く反応する。

グレンはその敏感な陰核を、優しく舌で責め続ける。

「んはぁっ♥　あっあっ♥　グレン、んぅっ！　そこ、そこは、んはぁぁっ！」

これまで以上の肉体的な快楽に、エルアナが乱れていく。

「そこ、そこっ！　あんっ♥　すごい、きもちいいの、きちゃうっ♥」

彼女は嬌声をあげながら、グレンの頭を自らの股間へと押しつける。

感じるお姫様のはしたない姿に、グレンも興奮しながら愛撫を続けた。

敏感な淫芽を舌先で撫で、こすり、押す。

そのたびにエルアナは素直に反応し、グレンの心を満たしていった。

「んあぁぁっ！　イクッ、イクイクッ、イックゥウウウウウゥッ！」

大きく弓なりに体をのけぞらせ、エルアナが絶頂した。

吹き出した愛液がグレンの顔にかかる。

すぐ目の前でヒクヒクと震えるおまんこに、グレンの目は釘付けだ。

「んぁ♥　あっ♥　あぁ……」

絶頂の余韻に浸るエルアナの姿は、いつものきりっとした騎士とは違う、女のものだった。

グレンの肉棒は、もうズボンの中でガチガチに張り詰めている。

「あ……グレン」

それを目にした彼女は、切なげな声をあげた。

先日触れた、男の部分。それが強く存在を主張しているのがわかった。

エルアナの声に頷くと、すぐにズボンと下着を脱ぎ捨てる。

裸になった彼の、存外に引き締まった身体とそそり勃った怒張。

グレンはエルアナに覆いかぶさった。

「あぅっ……♥　なんか、顔が近づくと、改めて恥ずかしい……」

軽く目をそらしながら言うエルアナに、グレンの興奮が増した。

そして彼は、もう十分に濡れて準備のできているエルアナの陰裂に、自らの肉棒をあてがう。

「グレンのおちんちん、わたしのアソコにあたってる……。うん……きて♥」

「ああ、いくぞ」

グレンはそのまま腰を押し進める。陰唇を押し分け、肉棒がエルアナの奥を目指していく。

すぐに処女膜の抵抗を受けるが、ぐっと力を込めて、そこを貫いた。

「んぁあぁっ！　ふ、んっ！」

エルアナは声をあげながら、強くグレンにしがみついた。

彼女の指が背中に食い込むのを感じながら、グレンは慎重に処女肉をかき分けていった。

「んぁっ！　あ、んんっ！」

うねる膣襞が肉棒へと絡みついてくる。

初めて異物を飲み込んだその膣道は狭く、肉竿をきつく締め上げてくる。

「うぁ……すごい、わたしの中、グレンでいっぱいになってる、んぅっ♥」

狭いものの、十分な愛液で潤ったそこは、肉棒を受け入れて震えていた。

そして彼女の声にも、また甘いものが混ざり始める。

「あぅっ♥　これ、すごいっ……グレン、んんっ♥」

背中に回された彼女の手からも力が緩み、柔らかな手のひらがグレンの肌を撫でる。

それでいて膣襞のほうは、感じるほどにぎゅっと肉棒を締め上げて射精を促してくるのだ。

「あうっ♥　はぁ、あぁっ♥　すごい熱くて、わたし、んぅっ♥」

エルアナは羞恥を覚えながらも、感じているようだった。

自らの中を出入りする肉棒を膣襞で、目の前のグレンを両腕でぎゅっと抱きしめる。

そんな愛らしい密着状態で、グレンはさらに腰を振った。

「んあぁっ♥　あっ♥　わたしのおまんこ、グレンのおちんぽにかき回されちゃってるっ！」

じゅぶ、じゅぼっと卑猥な音が響きわたる。

なじんできた膣内をかき回していくと、肉棒の先端が子宮口に触れた。

「きゃうっ♥」

びくん、と身体を震わせたエルアナが、再びその感覚を味わおうとするかのように、腰を動かす。

その期待に応えて、グレンは意識的に彼女の最奥を擦り上げていった。

「んはぁぁっ♥　あっあっ♥　すごい、んぅっ！　イッちゃうっ！　グレンのおちんちんに一番奥まで突かれて、イッちゃうぅっ♥」

嬌声をあげるエルアナを突きながら、グレン自身の快感も最高潮に達していた。

ラストスパートでさらに荒々しく、高貴な姫騎士の処女まんこをガンガンと突いていく。

「ひうぅっ！　しゅごっ、んはぁっ♥　らめぇっ、んぅっ、ううぅっ！　イッちゃ、あぁっ！　んはぁぁぁぁあぁぁっ！」

ドビュ！　ビュククッ！　ビュルルルルッ！

「いうぅぅっ♥　あっ、んはぁぁっ！」

エルアナの絶頂締めつけを受けて、グレンも耐えきれずに射精した。

「んはぁ、あぁぁっ♥　すごい。グレンの精液が、わたしの奥にベチベチってあたってる♥」

中出しされたエルアナがうっとりと言いながら、その気持ちよさを全身で受け止めていた。

グレンも膣内に精を放ち、その快楽に脱力していく。

うねる膣襞に精液をしっかりと搾り取られ、グレンは肉棒を引き抜いた。

「あふっ……グレン、すごかったね」

エルアナは嬉しそうにそう言うと、自らのそこを眺める。

たっぷりと出された精液の一部が、とろりと溢れ出していた。

「んっ♥」

その混ざりあった体液に、セックスの事実を強く突きつけられて、エルアナは声を漏らした。

そして幸せそうに、グレンの胸板を撫でた。

「わたし、すっごく幸せな気分」

彼女はそう言って、グレンを引き寄せる。

それに従うようにグレンも彼女の隣に寝そべり、そっとその頭を撫でたのだった。

第二章　自称庶民、仙人と戦う

「わたしも一緒に、ここに住んでいい？」

エルアナと初めて身体を重ねた翌日。

朝食の席で彼女がそう言うと、グラシアヌは嬉しそうに笑みを浮かべた。一昨日にせよ昨夜にせよ、エルアナの背中を押しているフシがある。

「部屋はあるけど……エルアナは今、ここの責任者なんじゃないのか？」

グレンがそう尋ねる。

グレンの住んでいるところは、街の中心とは言い難い。人族と魔族の住居が交互に並ぶうちの、ごく普通の一軒家だ。

街の役場があるところからは、それなりに離れている。

単純に不便だろうし、そもそも姫騎士が住むとなると、さすがのグレンでもいろいろな問題があることぐらいはわかる。正体を隠している自分とは違うのだ。

「あ、それは大丈夫」

しかしエルアナは、あっさりとそう言った。

「たしかにわたしは街の責任者だけど、仕事のほとんどはただの巡回だったの。王族が姿を見せることで、人族側の住民を安心させるためにね。政治的なことは、グレンとおなじで専門の文官に任せているわ。わたしが変に手を出すほうが、迷惑だと思うわよ？」

エルアナの言葉に、グレンも内心で頷いた。自分と同じパターンなのだと思う

別に彼女が事務作業に向かない、というわけではなく。

それぞれが役割として、向いていることをしていたほうがうまく回るだろうという考えなのだ。

「わたしは武官だしね。書類整理は求められてもいないわよ」

姫騎士であるエルアナに期待されているのは、いざ戦闘力のある者同士のトラブルが起きたときの鎮圧だ。そのうえであとは、王族としての象徴的な役割とかだろう。

整った顔立ちに豊かな胸、それでいて引きしまった身体と魅力的な彼女だが、その見た目からは信じられないくらいに強い。それはグレンもよく知っている。

王国の騎士の中でも間違いなくトップクラスだ。そこらの冒険者に遅れを取ることもない。

この街の中では、グレンを除けば圧倒的な存在だと思う。

それでいて親しみやすい性格なので、民衆からの人気は高い。

兄妹の中で王位を継承する可能性がまずないからこそ、彼女は率先して街中に出ているし、結果として支持を得ていた。

「実際、グレンと会うまでは結構暇だったしね。それよりは、『強力な魔族の動向をチェックする』ほうが、私に求められてる仕事だと思うわよ？」

そう言いながら、彼女は笑ってグレンを見る。それはつまり、グレンのことだろう。

魔王として君臨していたグレンは当然、桁違いの強力な魔族だ。

エルアナが、この街の中で止められない唯一の相手がグレンだった。

「なるほどね。それは違いない」

そう言ってグレンも笑みを浮かべる。面白い考え方だと思う。まあ、理屈は通っている。

エルアナが家に出入りするのはあまり見られたくはないが、魔法でなんとかなるかもしれない。

王国側の護衛騎士もすでの説得済みなのだろうし、もしかすると、国王だって知っているのかも。

だとすればすでに、なにも問題はないのだろう。エルアナの覚悟は、あの告白で決まったようだ。

「王国の側がそれでいいなら、俺たちもそれでいいよ」

「ええ。エルアナ様と一緒に暮らせるなんて楽しみです♪」

グラシアヌがそう言って笑みを浮かべる。

恋心を見せるエルアナへの好奇心なのか、それともお姉さん心なのか、彼女は随分とエルアナを気に入っているようだった。

望んで森から離れたらしい変わり者エルフであるグラシアヌは、好奇心旺盛なのかも知れない。

グレンとしても、ふたりの仲がいいのは望ましいことだ。

「グレンは普段も冒険者をしてるんだっけ？　じゃあ、わたしもそれについていこうかな。足手まといにはならないと思うし」

「構わないが……俺が受けるのって、この前みたいな街中の依頼ばかりで、エルアナ向きの戦闘系じゃないぞ？」

「いいわよ。別に冒険者をやりたいわけじゃないんだし。あくまで、グレンに常識を教えるためだもの」

「それならいいけどな」

グレンは頷いた。

仕事自体には危険もないし、エルアナがいたからといって滞ることはない。

姫騎士であるエルアナに気付かれると、その度に依頼主もびっくりはするだろうが。

なんとか巡回の一環だと信じさせれば、納得させられるだろう。

魔族の仕事ぶりを見ている……とかなんとかで。

「あっ、それなら……」

そこで、グラシアヌが口を挟んできた。

「もしご迷惑でなければ、私もご主人様についていきたいです。一応、少しは護身の心得もあるのでエルアナ様のお役にも立てるかと」

「ああ、構わないぞ」

家の中の仕事は完璧すぎるくらいだ。グレンについてくることで、多少はメイドとしての仕事がおろそかになってもまったく問題ない。

グラシアヌの戦闘力は、グレンの見立てではまずまずといったところだと思う。

元々、魔法に強い適性を持つエルフ族だし、この街の中堅冒険者よりは強いほうに属するだろう。

それに、グレンやエルアナが全力を出すようなレベルの依頼を、受ける予定はない。

「グレンと一緒にモンスターに挑むのも、ちょっと……いや、かなり面白そうだけどね」

グレンの考えを読んだかのように、エルアナがそう口にする。

「モンスターなぁ……強いやつも、このあたりにいなくはないけど」

しかしグレンは、今ひとつ乗り気ではなかった。それは、平凡な暮らしからはほど遠い
「今の俺は庶民だからな。そこまで目立つのはちょっと。のんびりひっそりやっていければ、それでいいかな」

「それならなおさら、わたしが常識を叩き込んであげる」

「おう、よろしくな」

気軽なグレンの様子に、エルアナは少し呆れつつも、嬉しそうだった。

目立たないと言いながらも、ひと飛で屋根に上ったり、魔法であっさりと用水路の掃除をしたりしている彼が、ちゃんと常識を学ぶのにはかなり時間がかかるだろう。

その分、一緒にいる理由が出来るということだ。

「まあいいか。じゃあいこうか、ふたりとも」

グレンはそう声をかけて、今日もギルドに向かうのだった。

今日もクエストを終えた三人は、揃って家に返ってきた。

「なんだか、こうやって誰かと一緒に帰るのって新鮮だな」

魔王でいたときはぞろぞろと移動することも多かったが、「一緒に家に帰る」という感じではなかった。それが、こちらに来てからはひとりで移動することがほとんどだった。

グラシアヌが玄関で出迎えてくれていたのも、それはそれで新鮮で好きだったが。

こうして並んで帰ってくるのも良いものだな、とグレンは思った。

「一緒にクエストに行ったんだから、夕食も一緒につくろうか」

グレンがそう言うと、グラシアヌは少し驚いたようにグレンを見た。

「ご主人様はお料理が出来るのですか？」

「……いや、出来ないな」

そう答えると、彼女は笑みを浮かべる。

「もし、お料理自体に興味があるなら、お教えしますよ。手伝ってくださるだけのつもりなら、大丈夫です。お料理は好きなので、大変じゃないですよ」

そう言われて、グレンは大人しく引き下がることにした。

誰にでも向き不向きがある。

グレンは、おそらく自分が料理下手だろうことを予想していた。

基本的に大雑把だし、味覚のほうも繊細とはいい難い。

グラシアヌの料理がとても美味しいのはさすがにわかるが、具体的にどこがどういいかと言われるとわからない。

「ねえねえ、わたしは手伝ってみてもいい？　グラシアヌの料理を習ってみたくて」

「いいですよ、エルアナ様♪」

そんなグレンをよそに、エルアナとグラシアヌはさっそくエプロンを着けてキッチンへと向かっていく。

その後ろ姿を見ながら、これもまた、なかなかいいなとグレンは思うのだった。


ふたりが作ってくれた夕食を終えると、グレンは部屋に戻った。

いつも通り、冒険者として街の人を助ける仕事は充実していたが、今日はふたりが一緒だったため、さらに楽しかった。

効率という面では決して良くはないが、こういうのもいいかも知れないな、と思った。

そんなふうに考えていると、ドアがノックされる。

入ってきたのは、エルアナとグラシアヌのふたりだった。

「今日はふたりでなのか」

グレンが尋ねると、グラシアヌが頷く。

「はい♪　たくさん愛するのも、魔族の度量、ですよね？」

英雄色を好む、というが、人族でも魔族でも、力のある者が複数の異性を愛するのは比較的普通のことだった。

だからこうして、ふたりが寝室に来るのもおかしなことではない。

「前のときよりも成長したのを見せてあげるわ」

エルアナも乗り気でそう言った。

「それは楽しみだな」

ベッドに向かうと、ふたりは服を脱ぎ始める。

グレンはすばやく自分の服を脱ぐと、ふたりの美女へと目を向けた。

度重なるご奉仕によって脱ぎ慣れたグラシアヌは、もう服を脱ぎ終えていた。

それだけ、彼女のほうも行為に期待しているのだと思うと、グレンの中に嬉しさが湧き上がってくる。エルアナのほうは、ちょうど服を脱ぐところだ。

ばさり、と音を立てて彼女の服が落ちると、その細い体が現れる。

特にウエストはきゅっと引き締まっており、その上で弾む胸を際立たせていた。

彼女がゆっくりと脱いでいく姿を眺める。

かがみ込むようにして下着するすると下ろしていく姿は、なんだかのぞき見をしているようで興奮した。エルアナはそのまま脱ぎ終えると、そこでグレンの視線に気づき、顔を赤くする。

「脱いでるところを見て、楽しい？」

「うん、楽しいよ」

非難を含んだその声に、グレンはこともなげに答えた。

眉根を寄せるエルアナだったが、裸になっているグレンの股間に目をやると、余裕を取り戻したかのように笑みを浮かべた。

「ここ、ちょっと大きくなってるね」

エルアナはすばやく近づくと、半勃ちの肉棒に手を這わせる。

細い指が竿に絡みつき、成長を促すかのように軽く動いた。

彼女の手の中で肉棒が膨らみ始めると、ますます笑みを深める。

「おふたりとも、えーいっ♪」

「うわっ」

そんな彼らのもとにグラシアヌが飛び込んで、ふたりをベッドへと押し倒す。

三人は裸で、ベッドの上を転がった。

エルアナの手から離れた肉棒が、ぴよんっと跳ね上がった。

「あらあら♥　ご主人様のおちんぽ、もうこんなに」

グラシアヌの指先がくりくりと亀頭を撫で回した。

「うぁ……」

誘うようなその刺激に、グレンは小さく声をあげる。

「あっ、もうっ……」

それを見咎めたエルアナも、グレンの股間へと近寄って手を触れた。

「こんなに大きくして♥　グレンのおちんちん、えっちな形してる♪」

「うあ、ふたりして触られると……」

彼女たちの手が、無遠慮にグレンの肉竿をしごいていく。

タイミングの微妙にずれた手コキが、ひとりでは出せない気持ちよさを生み出していた。

「あふっ、ご主人様のえっちなおちんぽを見ていたら、もうこんなに……♥」

グラシアヌが片手で、自らの割れ目を広げてアピールした。

ピンク色の内側で、襞が物欲しそうに震えている。

「グラシアヌのおまんこを見た途端、おちんちん太くなったわよ？」

面白そうに言いながら、エルアナが肉棒をしごく手を速めた。

「ご主人様、んっ♥　私のアソコ、ご主人様に気持ちよくしていただきたいです」

そう言いながら、グラシアヌはグレンの顔を跨いだ。

男を求める淫花をグレンはまじまじと見上げる。

指で広げていないと、そこは簡単に閉じてしまう。とはいえ、閉じきるわけでは決してなく、ビラビラをのぞかせてスケベに誘っているかのようだった。

グレンがうなずくと、彼女はゆっくりと腰を下ろしてくる。

仰向けになったグレンの頭に、グラシアヌは自らの秘部を押し当てた。

「んぁ♥」

艶めかしい声を漏らしながら、彼女は腰を軽く動かし、グレンの顔に割れ目をこすりつけた。

「グラシアヌのここ、早くも濡れてきてるな。れろっ」

「ひゃんっ♥　ご主人様ぁ……♪」

「うぅ、グラシアヌ、なんだかとても良さそうね。わたしも……んぅっ、もう準備できちゃったみたい♪」

エルアナはそう言うと、彼の腰へとまたがり、その剛直を掴んだ。

美女ふたりの手で勃起させられた肉棒が、天を目指してそそり立っている。

その目指す先に自らの秘穴を重ねたエルアナは、そのまま腰を下ろしていった。

「あんっ♥」

ちゅくっ、とはしたない水音をたてて、亀頭が膣口に触れる。

「んぁ、あぁぁ……♥」

エルアナはそのまま腰を落とし、肉棒を飲み込んでいった。

「エルアナ様、なんだか、こうして裸で向かい合うのって新鮮ですね♪」

「あふっ♥　そ、そうね。なんだか、とても恥ずかしい気がするわ」

仰向けになったグレンの上で。

顔面騎乗をするグラシアヌと、騎乗位でつながったエルアナは向かい合う形になっていた。

「あんっ♥　ご主人様、あふっ……！　ご主人様の舌が、私のおまんこに、んぅっ♥　あ、あぁ……もっと、んぁ♥」

舌を動かし始めたグレンに対し、グラシアヌはおねだりするように言いながら、軽く腰を動かしていった。それに応えるように、グレンは舌を伸ばして膣内を舐め回していく。

襞が舌に擦れて、こそばゆい。

彼女の味を堪能しながら、その蜜壺を愛撫していった。

「んっ、あっ、ふぅっ♥」

対して、エルアナは控えめに腰を動かしていく。

膣襞が肉棒に絡みついて十分に気持ちいいが、その動きは小さく、焦らしているかのようにも思えた。

「あぅ、ん、あぁ……」

しかし実際は、すぐ目の前で感じているグラシアヌを意識して、羞恥を覚えているのだった。

「あぁ♥　ご主人様の舌、ぺろぺろ動いてすごいです。あ、んはぁっ♥　あっ、クリトリスを唇で挟むのは、んぁ♥　あっ、ダメです、私、んぅっ……」

快感に身悶えるグラシアヌは、グレンの頭をぎゅっと挟み込んだ。

両側からの柔腿プレスに、グレンは幸せな息苦しさを感じる。

陰裂からは愛液が溢れ出し、彼女が感じているのがはっきりと伝わってくる。

「あぅ……あっ、ご主人様、んぁ♥　あ、あぁ……」

「わっ……ん、ごくっ……グラシアヌの顔、すっごいとろけちゃってる……」

「あふ……エルアナ様、ずいぶんおとなしいですね」

「えっ、そう、かな……」

「ほら、腰だってとってても緩やかですよ？　もっといっぱい、ご主人様を感じましょう」

「そうね……んっ、あぅっ……」

グレンからは見えないが、上機嫌なグラシアヌに対して、エルアナはまだ恥ずかしさのほうが目立っているようだった。そんな彼女に、グラシアヌがさらに踏み込んでいく。

「それじゃもったいないないですよ、エルアナ様♪　もっと気持ちよくなって、恥ずかしさなんて忘れてしまいましょう？」

「そうね……でも、ひうっ♥」

グラシアヌの手が、エルアナのおっぱいを揉み始めた。

「あっ、待って、んぁ、ちょっと、なんでそんなに上手っ……あぁ」

「うふふ。おっぱいの扱いには、慣れてますから♪」

グラシアヌの細い指が、エルアナの乳房を揉みしだいていく。

グレンのときみたいな精神的な昂ぶりはないものの、グラシアヌの手は女の気持ちいいところをしっかりと押さえており、エルアナを強制的に感じさせていった。

「やっ、ああっ♥　だめ、ちょっと、グレンも、おちんちん動かすのだめぇっ……」

グラシアヌの猛攻から逃げるように身体をひねり、エルアナが声をあげる。

しかし挿入状態で逃げ場などなく、むしろ肉棒の当たる角度が変わり、エルアナの快感は増していく一方だった。

「あっ♥　ふたりとも、待って、んぅ♥　あっ、んはぁ♥」

「エルアナ様もいい顔になってきましたね。すっごくセクシーです♪　今日はいっぱい楽しみましょうね」

グレンの顔面で腰を振りながら、グラシアヌはさらにエルアナを責めたてていく。

快感に流されたエルアナの腰も、どんどんと大胆になっていった。

舌でグラシアヌを愛撫しつつ、肉棒を包む膣襞の蠕動を感じる。

声こそ出せない状況だったが、グレンの欲望もふつふつと湧き上がっている。

「んはぁ♥　あっ、ご主人様ぁ♥　あふぅっ、そんなにペロペロされたら、私、んぁ、イっちゃいますっ！」

「ひうぅっ♥　あっあっ♥　わたしも、んはぁ、ああっ♥　ふたりなんて無理、んぁっ！　あっ、ふぅんっ♥」

自分の上で乱れるふたりの姿に、グレンの興奮もいや増していく。

グラシアヌの腿をしっかりと掴んで逃げられなくすると、さらに膣内を舌でかき回しながら、時折引き抜いてクリトリスを責め立てる。

「んあぁぁぁあっぁっ♥　ご主人っ、様ぁ♥　ぁ♥　んぁ、あぁ……♥」

そして下から腰を突き上げて、エルアナの膣道をズンズンと犯していった。

「んはぁぁっ♥　あっ、グレンのおちんちんっ！　おちんちん、わたしの中をかき回してるのぉ♥

そんなにされたら、んぁ、あああっ！」

「ダメですっ、ご主人様、イクッ、イッちゃいますっ……！　んくぅぅうっ！　ああっ、イクイクッ！」

「グレン、んはぁっ！　あっあっ♥　ダメ、イックゥゥウウゥゥッ！」

ビュルルルッ！　ドビュッ、ビュククッ！

「んあぁぁっ！」

三人は殆ど同時に絶頂した。

それぞれの身体から体液が溢れ出し、濃い性臭となって部屋を満たしていく。

男と女のフェロモンが混じり合い、部屋の空気をピンクで満たしていった。

「あぁ……♥　ご主人様、んはぁ、あぁ……」

グラシアヌは深く息を吐くと、グレンの上からどいた。

グレンの顔は彼女の愛液まみれだ。

「グラシアヌ、すっごい乱れてたな」

「あぅ。ご主人様の舌のせいです♪」

そんな話をしていると、エルアナのほうも落ち着いて、一度肉棒を抜いた。

「はぁ、はぁ……♥　もう、ふたりとも、んっ」

エルアナはグレンの上からどくと、そのままベッドに座り込んでしまう。

まだ快感の余韻で、腰に力が入りきらないようだ。

とはいえ、彼女のほうもまだこれで終わるつもりはないらしく……。

「今度は、わたしがふたりを気持ちよくするからね」

そう言って迫ってくるのだった。

エルフは森に仕え、森と過ごすことが多い種族である。

多くのエルフは森で生まれ、その森のなかで一生を終える。

かつては、それが生き残る術《すべ》だった。

森の中にあるエルフたちの里。その外には危険なモンスターがいることも多かったし、近隣にある人間やドラゴニュート、獣人たちの村がエルフを受け入れることも少なかった。

同類で固まって狭い社会を形成していればいい、というのがかつての考え方——というよりも、外の世界を想像する力にも乏しかったのだろう。暮らしが問題なければ、それも不要であった。

しかし誰しも、より便利な生活を求めるようになる。

寒さに凍えることなく、飢えに苦しむことなく、出来るなら贅沢に暮らしたい。

そう思って、他種族たち村はまず同族で広がっていき、やがて異なる文化に触れる。

そこには今まで持っていなかった技術があり……と、多くの種族が固まって発展していき、多種族であることへの抵抗は、魔族の中で世代を追うごとに薄れていく。

しかし、そんな中でエルフ族の多くは取り残されていった。

彼らの多くは森の中しか知らず、排他的でもあったので、その生活に満足するしかなかった。

加えて、生命サイクルの速い獣人や人族と違い、エルフの寿命は長い。

ドラゴンほどではないが、それでも十分な長さだ。

そのため、世代の交代も行われにくく、森の外との交流はさらに遅れていった。

そんなエルフの中にも、森の外に興味を持つ者はいる。

情報は少なかったが、若い世代の者ほど、外へ興味をもつ割合は高くなっていった。

彼らの多くは旅するエルフとなり森を出て、街では珍しがられつつも、なんとか受け入れられるようになっている。エルフが温厚で、問題を起こしにくいこともよかったのだろう。

グラシアヌも、そんなエルフ族のひとりだった。

人族基準での見た目と変わらない年齢の彼女は、エルフではかなり若い個体である。

魔族の街へと出た彼女は新しいものに触れ、その技術に感動した。

料理は特に感動したものの一つであった。

素材の味を活かすエルフの料理も、それはそれで彼女にとって故郷の味であって、必ずしも悪いものではない。しかし、様々な工夫、組み合わせの凝らされた外の料理は、それよりも遥かに舌に訴えかけてくるものだった。

だから彼女は興味を持って、料理を学んだ。

といっても、それは別に料理人になるような意図ではなく、興味を惹かれる家庭料理をどんどん作っていった、というようなものだ。

あくまで趣味レベルではあったものの、今や彼女は様々な料理を作ることができている。

グラシアヌにとって、街での生活はなにもかも、普通に楽しいものだった。

しかしどこかで、物足りなさを感じてもいた。

それはある種、エルフの性質だったのかも知れない。

森の木々を見上げ、森に帰属するエルフの本能。

大きなものへ自らを委ねるあり方。

しかし街へ出たグラシアヌには、自らを委ねるものがなかった。

だからどこか物足りなさ、心細さを覚えていたのだと思う。

人族と共同の街が出来ると聞いたとき、そこへ移ろうと思ったのは、新しい場所でなら何かが見つかるかも知れないと思ったからだ。

そして、出会った。

底知れない力を持つ、グレンに。

そのときのグラシアヌ自身が、何かを考えたわけではない。

言うなれば一目惚れだった。

グレンから感じる圧倒的な力に、無意識から惹かれるものがあった。

だから彼女は、グレンに仕えることにした。

結果としては、大正解だった。

エルフの本能が身を委ねたがる、大きなもの。その意味でも正解だったと言えるが、それ以上にグラシアヌ個人として、グレンを好ましく思っていた。今では、例え彼が大きな存在でなかったとしても、個人としてそばにいたいと思うようになっている。

グラシアヌは目を覚ますと、隣で寝ているグレンを見つめる。

彼の寝顔はとても無邪気だ。

起きているときもそう気取っているわけでもないのだが、寝顔はさらに無防備だった。

その隣では、エルアナが眠っている。

寝顔すら美しいお姫様を、グラシアヌは少し羨ましく思った。

ぼんやりとした自分とは違う、きりっとした顔立ち。

眠っていてもわかる美しさ。

それでいて、ところどころ初心《うぶ》で可愛らしいなんて反則だ、と羨《うらや》み三割、愛でる気持ち七割で思うのだった。

グラシアヌはそんなふたりよりも、ひと足早く起き上がる。

カーテンが掛かったままの、薄暗い部屋に彼女の裸身が浮かぶ。

まくれ上がった布団からは昨夜の名残がうっすらと立ち上り、そのシルエットを彩った。

彼女は布団を直し、すばやく服を身につけると、そっと部屋を出る。

廊下を抜けてリビングへ向かうと、朝の日差しが心地よく彼女を迎え入れた。

グラシアヌはそのまま、キッチンへと向かう。

彼の隣で眠るとき、そして朝起きて、こうしてキッチンに立っているとき。

グラシアヌは幸福を強く感じる。

閉鎖的な村を飛び出し、それよりは広く多彩な――しかし、それゆえに分散的な――魔族の街を経て、たどり着いた場所だ。

好きな人と過ごす時間。

好きな人のことを思う時間。

エルアナの登場でより賑やかに、より楽しくなりそうだ、と思いながら、彼女は朝食の支度を始めるのだった。

●

お茶を淹れるためにグラシアヌが台所に立っているのを、グレンはリビングから眺めている。

台所に立つ後ろ姿っていうのはいいものだな、とグレンは思った。

エルアナは一度役場のほうへ顔を出しているため、今、この家にはふたりきりだった。

露骨に誘惑してくるのもそれはそれでいいものだが、こうして日常的な空間にいて眺めているのもいいものだ。

とはいえ、グラシアヌの格好は元々かなり際どい。

それに、露骨ではないというだけで、まるで誘惑していないかというと、そうでもない。

彼女は時折意味ありげにちらりとグレンを振り返るのだった。

「うーん……」

ことさらに大きく振らなくても、スカートに包まれたお尻は目をひく。

それはグレンをムラムラとさせるには十分すぎるほど魅力的だった。

立ち上がった彼は、厨房に立つグラシアヌへと向かう。

その気配は彼女にもわかったはずだが、グラシアヌはあえて反応せずに待っていた。

グレンが後ろからそっと抱きしめると、グラシアヌはその腕に自らの手を重ね、さらにギュッと抱かせた。

むにゅり、と柔らかな爆乳に手が沈む。

「あんっ♥」

小さく声をあげると、彼女は意図的にお尻を動かした。

グレンの股間へと、そのむっちりとしたお尻をこすりつけてくる。

「もう、ご主人様♥　こんなところで、急に何をする気ですか♪」

尋ねる形を取りつつも、いざ手を出し始めると、グラシアヌはとても積極的だった。

接近に気づいても待っていたし、そもそも最初から誘っていたのかもな、とも思うグレンだったが、それならそれでも構わない。

グレンは後ろ側からグラシアヌを抱く形で、その胸を揉みしだいていく。

柔らかく指を受け止める乳肉を堪能していると、肉棒に血流が集まっていった。

「やんっ♥　ご主人様、とてもえっちな手つきです」

そう言いながら身体をくねらせる彼女だが、決してグレンの胸の中から出ようとはしない。

むしろ、身体を擦りつけてくるくらいだ。

「んっ♥　私のお尻に、ご主人様の硬いのがあたってますね♪」

楽しそうに言いながら、彼女がお尻を動かす。

先ほどとは違い、血流の集まったそこはズボンをふくらませる出っ張りとなって、ハリのあるお尻を押し返していった。

布越しでもわかる魅力的なお尻の感覚。そして角度によって割れ目をぎゅっと押すことになると、先端を押しつけるだけよりも大きな快感が流れてくる。

「あぅ……ご主人様、んっ♥」

グラシアヌの手が後ろへと伸ばされ、グレンのズボンから肉棒を取り出そうとする。

「うぉ……」

後ろ向きだというのに、彼女は器用に肉竿を掴むと、ズボンに引っかからないようにそれを解放した。もはやすっかり慣れた手付きだ。

「あはっ♪　ご主人様のおちんぽ、すっごく熱くなってます」

グラシアヌの指が肉棒を握り、軽くしごき始める。

グレンは服の中に手をつっこみ、グラシアヌの爆乳を直接揉み始めた。

「んっ♥　あっ、ご主人様、んぁっ」

しっとりと吸いついてくる肌と、指を受け止める柔肉。

ずっと触っていたくなるような魔性のおっぱいを、グレンは堪能していく。

「ひゃうっ♥　あっ、乳首はだめですよぉ♥」

全然だめそうじゃない声で言うグラシアヌの抗議は当然のようにスルーして、グレンはこりこりと乳首を弄《もてあそ》んだ。

もうすっかりと存在を主張している勃起乳首が、ぐにぐにと形を変えていった。

「あふっ♥ あ、んぁっ！」

大きな声を出したグラシアヌが、握っている肉棒の角度を少し変える。

「もうっ、ご主人様ってば。こうですっ」

「うおっ、グラシアヌ、んっ」

彼女は掴んだ肉棒を、自らの腿で挟み込んだ。

「あふっ♪ やけどしちゃいそうなくらい熱いです。ほら、ぎゅーって挟むと、んっ♥」

内ももにむにゅっと挟み込まれて、とても気持ちがいい。

膣内と違い、襞はない。

むっちりとした腿に挟まれ、すべすべの肌に包まれる。

それは素直に気持ちいいのと同時に、なんだか彼女を汚している気がして興奮した。

「あふっ、んっ、ふっ……♥」

グラシアヌはそのまま腰を前後に動かして、素股を始める。

「あぅっ、ご主人様のおちんぽが、私から生えてるみたいです」

「おうっ、先端は、ぐっ……」

前後運動を続けながら、グラシアヌはハミ出た亀頭を掌で撫で回した。

彼女を正面から見れば、確かにその股間からモノが生えているように見えるかもしれない。

グラシアヌはぐっと腰をグレンに寄せると、そそり立つ肉棒をしごき始める。

「あふっ、ご主人様のおちんぽは大きいので、本当に私から勃起ちんぽが生えてるみたいですね♪

男の子のオナニーです。しこしこっ♥」

「ぐっ、おお……」

手コキそのもの以上に、グラシアヌから肉棒が生えているかのような様子と、内ももに根本を挟まれている気持ちよさで、グレンは悶えた。

手コキのために腰の前後運動は止まったものの、グラシアヌは上下に軽く腿を動かしており、その刺激が伝わってくる。

普段とは違う力のかかり方が、グレンの快感を増幅させていった。

「んぁ、あっ……これ、すっごいエッチです♥」

そしてさらに、肉棒の上部分は、グラシアヌの割れ目をなぞる形になる。

彼女のそこはもう蜜が染み出しており、布越しでもはっきりと濡れているのがわかった。

「ぐっ、そんなに全体から迫られると……」

竿の上側を陰裂で、左右を腿で擦り上げられ、先っぽは手コキだ。

グレンはペニス全体を様々な方法で愛撫され、その気持ちよさに溺れていく。

しかし、胸への愛撫は忘れない。

「んはぁっ♥　あっ、ご主人様ぁ♥」

爆乳をこね回すように揉み、乳首を指先で弄ぶ。

「んはぁ、あっ、ふぁぁあっ♥」

甘い声をあげたグラシアヌの耳を、軽く唇で挟んだ。

「あぅっ、ご主人様、それぇ……♥」

尖っている彼女の耳を、はむはむと唇で愛撫する。

するとグラシアヌは、びくんっ、と敏感に反応した。

「あぁ……んぅ、ふぅっ♪」

彼女の身体が反応するたび、腿もきゅっと閉じて肉棒が締め上げられる。

「耳、弱いのか？」

「そう、みたいです……♥　自分でも初めてで、んぁっ」

「確かに、耳は自分じゃいじらないか。こっちとは違って」

「んくぅっ♥」

グレンは片手をグラシアヌの下着の中へと忍ばせて、もうすっかり水気を帯びた割れ目をなで上げる。ちゅくちゅくといやらしい水音がして、グレンの手を濡らしていく。

「あんっ♥　ご主人様、ダメですっ、んはぁ、私ももっとご主人様を気持ちよくしちゃいますね♥

こうやって、えいっ♪」

「おぉっ」

グラシアヌは、肉棒をしごく手にひねりを加えてきた。

上下に動きつつも、渦《うず》を描くようにぐりぐりと手が肉竿を擦る。

カリ全体や裏筋に、指先や掌《てのひら》が擦れて気持ちがいい。

普段とは違う角度の刺激は、グレンの肉棒をさらに元気にしていった。

「あふっ……ご主人様ぁ……そろそろ、エルアナ様が帰ってきてしまいます。ベッドならともかく、ここは、んぁ♥」

「グラシアヌのおまんこは、今すぐここで繋がりたいみたいだけど？」

移動を促す言葉とは裏腹に、女陰はもうすっかりと出来上がり、肉棒を待ちわびているかのようだった。

「あぅ……」

否定せずに、グラシアヌは肉棒の角度を調節した。

急角度のついた肉竿の先端が、グラシアヌの秘裂を擦る。

「あぁ……♥　ご主人様、これ……」

「ほら、もう少し腰を落として」

「はい♥」

グレンは位置を調節すると、立ったまま彼女を貫いた。

「んはぁっぁっ♥」

後ろから、密着状態での挿入。

ピッタリとくっついた状態で、彼女の膣内へと侵入した。

「ご主人様のおちんぽ、入ってきます。それに、すごく近くて、あぁ……♥　ご主人様の吐息、私の耳に、うぅ♥」

「うぉ……」

グラシアヌが足を閉じると、肉棒がぎゅっと締めつけられる。

普通の立ちバックほど動けないが、密着感が強く、気持ちがいい。

足を閉じていることもあり、膣内の締めつけもきつく、挿入しているだけで快感が押し寄せてきていた。

「んはぁ……♥　キッチンでなんて、えっちです♥」

嬉しそうに言うグラシアヌが、グレンを振り返ろうとする。

いたずら心で、その首筋に舌を這わせた。

「きゃうっ！」

びくんと身体を跳ねさせたのに合わせて、膣内が締まる。

その快感を受け止めながら、グレンは腰を動かし始めた。

「あっ♥　ふ、んぁ……♥」

密着しているため、腰の動きそのものは小さい。

しかしその分、中でも外でも、互いをしっかりと感じることが出来ていた。

「あぅっ♥　んっ、はぁ、あっ……♥」

グラシアヌの艶めかしい声を聞くため、グレンは無言で腰を動かして、彼女の膣内をじっくりと犯していった。

「んぁ！　あっ、ご主人様……んぅっ、ご主人様のおちんぽ、いつもよりぐいぐいきててぇ♥　あんっ！」

決して激しくはないものの、徹底した腰使いにグラシアヌはどんどんとろけていく。

「あうっ、ふぅ、ん、あぁ……！」

小刻みに抽送を繰り返す。

「あっあっ♥　ご主人様のおちんぽ、すっごい擦れて、んはぁっ！」

粘膜同士が擦れ合い、互いの快感を高めていく。

「あっやっ、ご主人様、私、そろそろっ……イッちゃいますっ！」

「俺もそろそろだ……なら、一気に」

「んはぁぁっ！」

ズンッ！　と腰を突き上げると、肉棒が膣道の奥を突っつく。

そのまま、彼女の奥を犯すように腰を振り、ラストスパートを掛けた。

「ああっ♥　んぁっ、あっ♥　あああっ！　ご主人様ぁ♥　イクッ、イクイクッ！　んぁ、あああぁぁぁあっ！」

グラシアヌが全身をびくんっと引きつらせたのに合わせ、膣襞が一気に収縮した。

「うおっ、出るぞ！」

「はいっ！　ご主人様のザーメン、私の中に、いっぱいくださいいぃぃぃっ！」

搾り取る膣襞の蠢きに合わせて、グレンは射精した。

「んはぁぁっ！　ご主人様の精液、私の奥にドピュドピュ出てるぅっ♥　イクっ、イックゥゥウウゥウッ！」

グラシアヌが背中をのけぞらしながら絶頂した。膣内も精液を残さず搾り取ろうと蠢動している。

グレンの肉棒は、その動きに抵抗するなく精液を献上していった。

「あぁ……♥　はぁ、んっ……ご主人様、やっぱりすごいです……」

うっとりと言うグラシアヌは脱力し、身体をグレンに預けている。

「あぅ……でも、こんなに気持ちよくなっちゃったら、しばらく動けそうにありません……♥　んっ……」

そう言いながら、グラシアヌはグレンを見上げた。

「じゃあ、一旦ベッドで休もうか」

「そんなことしたら、余計動けなくなっちゃいますよ♥」

言葉とは裏腹に嬉しそうな彼女を、グレンはベッドへと運んでいくのだった。

●

三人での暮らしは思った以上にスムーズに、うまくいっていた。

それはグラシアヌの家事能力によるところが大きい。

彼女は「魔族の常識」とうそぶいて裸エプロンをエルアナに勧めたり、マッサージと言って過度のスキンシップを図ろうとするものの、基本はとても優秀だった。

エルアナも王族にしては庶民的とはいっても、やはりお姫様だったし、グレンに至ってはパンの焼き方すら知らないようなド素人だ。

そんな彼らの生活が成り立つのは、ひとえにグラシアヌのおかげだった。

彼女にしっかりと感謝しつつ、グレンとエルアナは今日もクエストを受けるため、ギルドへと向かっていた。グラシアヌは今日は留守番だ。

ギルドへと続く石畳の道にも、もうすっかりと慣れている。

計画的につくられた街は、道がきっちりと十字になっている。整然としているからこそ、ぼーっとしていると住所の番地を間違えがちだ。

一本奥へ入ってしまい、それに気づかないまま迷子になるというのは、初期の住人たちによく見られた光景だった。だいぶ減りはしたものの、今でもなくなってはいない。

酒を飲んだ帰り道は特に注意が必要だ。飲み過ぎて前後不覚になるのはよくあることだし、そんな状態で似たような道が並べば、当たり前に間違える。

家に着いたと思い込み、鍵がうまく刺さらないのだって、酔って手元がおぼつかないからかも知れない。そう思って本人は何度も解錠を試みるのだが、その家の住人からしてみると、いきなり自分の家を開けようとしている不審人物でしかない。

そんなふうにして、あちこちでトラブルが起こったものだ。

手が足りなくなって、エルアナもよくそう言ったトラブル解決に駆り出されていた。

そんな経験談を、道中でエルアナが語る。

「だから特に、わたし自身は気をつけないとね」

「たしかに、それは格好悪いね。迷子になって、自分の部下に保護されるのは」

エルアナの立場と実績なら、一度くらい醜態を晒したところで名前にさしたる傷もつかず、むしろ親しみやすさとしてプラスに捉える者も多そうだ。かと言って、それで恥ずかしさが消えるかといわれれば別だろう。

そんなふうに歩いていると、やはり今でもまだ、周りの視線はグレンたちに集まってくる。

「おう、グレン。この前は助かったよ。おかげで水漏れもすっかり収まった」

「それはよかった。もう魔力を込めすぎないようにな」

声をかけてきた水霊族の男にそう答えると、彼は気安げに「気をつけるよ」と笑った。

この街にある設備の多くは、魔族が使うことを踏まえて頑丈めに作られている。

とはいえ、魔族の中には一点の能力に特化した者も多く、そう言った場合はわりとあっさり、想定された以上の力を出してしまうのだ。

水霊族の彼の場合、水系の道具とは相性が良すぎて、ちょっと気を抜くと許容量を越えてしまいがちだということだった。

特に、火属性の道具などといった苦手な物の後に使うと、うっかり力の入れ方を間違えがちだ。なまじ魔力という同じ力を使うから、感覚がずれやすくなる。

そう言ったトラブルに対応するのは、やはり魔族のほうが慣れている。すばやく対応するには、グレンのような魔族の冒険者が最適なのだ。

人族の冒険者にもそういった便利屋的な者もいるのだが、この街で冒険者をしている者の多くは、戦闘が得意な腕自慢だった。

そのため、この手の依頼のほとんどがグレンのもとに来る。

その分、街の人との交流が多くなっていくのだった。

「グレン！　おかげでコンロの調子がいいんだ。今度遊びに来てくれよ」

「うぉっ、グレン！　エルアナ姫と一緒にいるなんてさすがだな！　あ、いや、これは失礼いたしました……」

その後も様々な街の人に声をかけられる。魔族に限らず、人族からもよく声をかけられた。魔法関係の道具に限らず、屋根や塀を始めとした設備にも対応しているから、知り合いも多いのだ。

しかし人族はとくに、姫騎士であるエルアナと一緒にいるのを驚く。

グレンに気安く声をかけた後で、隣のエルアナに気付いてかしこまるパターンが後を絶たなかった。人族にとって、やはりエルアナは特別な存在らしい。

普段は気軽に声をかけてくるおっちゃんが、隣のエルアナを見て緊張しているのが、グレンには少し面白かった。

姫でありながら住民に寄り添った騎士であるエルアナは、住民同士では親しみを持って語られるものの、直接会うとなればやはり緊張するものらしい。

エルアナ自身もそれは当然のこととして受け止めているようだが、グレンからするとなんだか不思議な感じがした。

魔王だったころの自分も、気楽に声をかけられることなどなかったなと思い出す。それだけでも、理想の庶民生活に近づけたような気がした。しかし。

「グレンは、随分人気なんだね」

エルアナが嬉しそうに言ってくる。

「まあ、街によく出てるからね」

「でもここまで人気があるって……それは庶民なのかなぁ」

グレンに「魔王を辞めて庶民になる」という話を聞いているエルアナは、そう言って首を傾げた。

しかしグレンのほうは、事もなげに答える。

「気安く声をかけてもらえるのは庶民だからだろ？　実際、同じ人気者でもエルアナに対しては、みんなかしこまってるじゃないか」

注目が集まるのは同じでも、リアクションは異なる。

人族も魔族も、エルアナに対しては憧れの視線を向けてくるだけだ。

姫である彼女に気安く声をかけられないのは当然のことなのだが、グレンに対してはそういった壁のようなものがない。

「たしかに、気さくな近所の青年って感じの扱いだったわね」

「だろ？」

普通なら褒め言葉にならないが、今のグレンにとっては一番落ち着く評価だった。

そんなふうにエルアナと街を歩いていたグレンは、突然空気が変わったのに気付いた。

エルアナも一瞬遅れて気づき、警戒する。

すると、離れた位置から人々のどよめきが聞こえた。

「上か」

グレンとエルアナが見上げた上空から、人影……少女が降ってきた。

異国風の衣装を纏った少女が、こちらへ向けてまっすぐに降りてくる。

ひと目見ただけで、ふたりには彼女が実力者だということがわかった。

やる気に満ちているのも感じるが、殺気はない。

これだけ目立つのだし、暗殺者ということもないだろう。

ということでグレンは警戒をだいぶ緩くしたが、エルアナは降ってくる少女を目にして、さらに驚きを増しているようだった。

そうしているうちに、少女がとん、と地面に降り立つ。

あれだけの高さから降ってきたとは思えない、軽い音だった。

やはりかなりの実力者らしいな、とグレンは改めて彼女を見て思う。

頭の頂点で二つお団子を作っている髪は、サイドだけが長く流れている。

小柄ながらも、十分な迫力を纏った相手だ。

「彼女は……！」

まだ驚愕を引きずっているエルアナは、少女のことを知っているようだった。

「知り合いなのか？」

グレンが尋ねるとエルアナは首を横に振った。

「いいえ、直接は。でも、名前は聞いたことがあるの。彼女はきっとチェンシー。この国へ来ている、仙人よ。王国の客人扱いだと聞いているけれど、謎が多くて……。会うのは初めてなの」

「ほう、仙人か。それは珍しいな」

仙人というのは、魔族の国からはるか東方にある、どんな国家にも属さない山々に住まう特殊な人々のことだ。

彼らの殆どは生涯ずっと山から降りず、その生活や文化は謎に包まれている。

森にこもりがちなエルフでさえ、文化的な交流が少しはあるのだが、仙人たちは一切の交流を行わない。

ごく希《まれ》にその山から降りてきた者だけが、目にできる唯一の仙人というわけだ。

山を降りてくる仙人は、誰もが桁外れに強力な力を持っているという。

まったく文化も違うため、彼らはあらゆる種族にとって畏怖の対象だった。

仙人と聞いて、グレンも納得する。

チェンシーから感じる強者の気配にも合点がいった。

魔王であるグレン自身も、仙人を見るのは初めてだ。

少し失礼かもしれないと思いつつも、改めて彼女を眺める。

顔立ちは可愛らしく胸は大きい。しかし鍛え上げられており、内面に巡っている力も大きい。

グレンたちの会話が聞こえていたようで、チェンシーは小さく頷いた。

「そう、あたしはチェンシー。今はこの国を放浪している元仙人だけど。でもこっちの人は、みんなあたしを、そのまま仙人って呼ぶけどね」

そして彼女は、エルアナに注目しているようだった。

「あたしは、あたしより強い者を求めて、旅をしてる。……あなたが、エルアナね」

エルアナはこの国でもトップクラスの力を持つと名高い姫騎士だ。

もしチェンシーの目的が武者修行のようなものならば、目をつけるのも妥当と言えた。

「ええ。わたしがエルアナだけど……」

「噂はよく聞いているわ。この国でも最強クラスの実力者、と。だから、あなたに会いに来た」

「そう……わたしに」

そう言ったエルアナも、チェンシーを改めて眺める。

仙人は誰もが、常識はずれの力を持つと言われている。

存在が特殊すぎるので公《おおやけ》にはされていないらしいが、実際、チェンシーもその強さを見込まれ、緊急時には力を貸すことを条件に、国内ではかなり自由に行動しているらしいということだった。

こうしてエルアナに会いに来て勝負を挑むなんてことも、普通なら当然出来ない。

エルアナは気さくなので住民でも声をかけるくらいなら出来るが、長々と話したり、ましてやお姫様相手に勝負を挑むなど、普通は考えられないことだ。

それだけ、チェンシーの権限は特別だということだろう。エルアナでさえ、詳細は知らされないほどの大物だ。

だが最初は驚いていたエルアナの顔が、徐々に楽しそうになっていく。

彼女も腕を認められた騎士。普段は立場上しっかりしようと努めてはいても、やはり強い相手との戦いには胸躍るものがあるのだろう。

「大丈夫よグレン。彼女は強者に挑むだけで、決して危険人物ではないらしいわ」

そんな評判は知っていたらしい。だから、純粋に腕試しができることを期待し始めている。

「仙人との腕試しか。それはすごいな」

グレンはぼんやりとつぶやいた。グレンにとっても未知の相手だ。仙人の実力にも、多少は興味がある。山を降りてこない彼らと接する機会など、まずないのだ。

こうして立っているだけでもただならぬ力を感じるし、いざ戦闘になればどうなるのか。

人族とも魔族ともまったく違う力を持つ仙人は、グレンとしても気になるところだった。

同様に、周囲の人々からも注目を集め始める。とくに、たまたまそばを歩いていた冒険者たちは露骨に語り合い始めた。人族も魔族もみんな、チェンシーとエルアナの動向に注目している。

「お姫様だと聞いて最後にとっておいたけど、エルアナ……あなたはこれまでの騎士の誰よりも強いね」

チェンシーもまた、やる気満々のようだ。

エルアナはちらりとグレンのほうを見てから、頷いた。

「いいでしょう。その勝負、お受けします」

チェンシーの顔に笑みが浮かぶのと同時に、周囲の期待も膨れ上がったのだった。

●

街の広場で、ふたりは向かい合う。

彼女たちからは距離をとって、グレンを含めたギャラリーたちがその様子を見守っていた。

冒険者を中心に集まったギャラリーたちは、姫騎士エルアナと仙人チェンシーの戦いに固唾をのんだ。

そして、両者が動く。

エルアナは細身の剣を用いた、速度重視の戦闘スタイル。

仙人であるチェンシーは、霊気によってオーラを纏った拳で戦うようだった。

「おおっ……！」

彼女たちが戦闘を始めた途端、ギャラリーの中から声があがる。

無理もない。

戦闘モードになった途端、そこからは闘気が放たれる。魔力のように物理的に働きかけるものではないが、それは正体不明の凄みとして伝わっていた。

本能でわかる恐怖のようなものだ。

普段は戦闘に身を置いていない一般市民よりも、センスはあるが駆け出しの冒険者などが、特にその気に当てられて怯えていた。

彼らから見ればエルアナやチェンシーは、会敵した途端に命が消し飛ぶような、災害級の化物だ。

その二者がぶつかりあう光景は貴重だし、ある種の参考になる。

しかし同時に、次元が違いすぎて理解出来ないレベルでもあった。

エルアナの剣は輝く銀線となってチェンシーに襲いかかる。

それをチェンシーの霊拳が払い、もう一方の拳が襲いかかる。

エルアナも素早く剣を引き戻してそれを防いだ。

その攻防を目で追えるのは、ある程度の実力がある者だけ。

それでも、何が起こっているかわからない者すら息を呑んで、目が離せなくなるだけの迫力がふたりの戦いにはあった。

「あれが仙人の力か……」

「エルアナ様の本気は、やはりすごいな……」

この街にいる人族の冒険者が、そう口にする。戦いを目で追えている上位の者たちだ。

目で追えるからといって、一撃ですらあれを受けられるとは思えない。

そんな戦闘を見て、彼らは高揚していた。

「はっ、ふっ！」

エルアナの剣閃は、その一本一本が鋭くチェンシーを捉えていた。

「……………うん、今まで会った中で、やはり一番強い」

しかしそのすべてが、彼女の拳によってそらされている。

「でも、さっき感じた気配はもっとすごかった？」

そう言ったチェンシーが、一段ギアを上げる。

エルアナの攻撃を捌《さば》きながら、反撃を加えていった。

「――っ！」

チェンシーの拳を、エルアナは剣で受け流す。

「すごいな……」

「ああ、まるでついていける気がしない」

ギャラリーは感嘆の声を漏らす。

冒険者たちから見れば、互角の攻防。しかし、その実態は違った。

攻撃が通らず焦りが見えるエルアナに対して、チェンシーにはまだ余裕がありそうだった。

動きを追うのに精一杯だとわからないが、表情まで確認できているグレンは、それを感じ取っていた。

「強いけど……もっと」

「はっ！　ふっ！」

チェンシーが押し始めた直後、エルアナの攻撃が加速する。

「おおっ！」

「さらに速くなるなんて！」

冒険者たちは感嘆の声をあげるが、エルアナのそれは焦りによる雑な攻撃だった。

まずいな、とグレンは思う。

それと同時に、昂ぶっている自分に気付いた。

人族トップクラスのエルアナでさえ敵わない相手。

元魔族のトップとして、戦ってみたいという欲求が膨れ上がってくる。

同時に魔王の血なのか、力ある者は下さなければならない、という思いも湧き上がる。

それに、この街に来てからは力を誇示する必要もなく、あまり体を動かしていない。どこか欲求不満が溜まっているのかもしれなかった。

いや、ダメだ、とグレンは自分を抑え込む。

もう、自分は魔王ではない。

すべての強者を力で従えることはしないのだ。

チェンシーと戦うのは、一魔族ではなく魔王としての行いであるように思える。

最強でなければならない、という長年の意識が、衝動として現れているに過ぎないはずだと言い聞かせた。

「つ！」

速さを無理にあげたエルアナの攻撃はほころび、そこにチェンシーが踏み込んだ。

剣の間合いから、拳の間合いへ。

そのまま、チェンシーの拳がエルアナの剣を捉えた。

「ぐぅっ――――！」

衝撃を殺そうとしたものの捌ききれず、エルアナは弾き飛ばされ、膝をつく。

それだけで勝負はつき、チェンシーは追撃を行わない。

これが実戦ならば、膝をつくころにはさらに数発の拳がエルアナを襲っていただろう。

「おおおっ！」

「これが達人同士の戦闘か！」

ふたりの決着に、ギャラリーたちが沸き立つ。

彼らからすれば、どちらも雲の上。

素晴らしい接戦だったのだ。

しかしグレンの目には、これが一方的な勝負だということがはっきりと分かっていた。

悔しそうなエルアナ。

しかし何故か、勝ったチェンシーは腑に落ちないという顔をしていた。

「確かに、かなり強いほうではあったけど……」

そう言って首をかしげたチェンシーが、グレンへと目を向けた。

先程まで、エルアナのすぐ隣にいた彼は、チェンシーの視線に気づき、さり気なく民衆の後ろに隠れようとした。

彼女の目が、グレンへの期待と何かしらの確信を見せていたからだ。

他のギャラリーたちは、エルアナの敗北に驚いたり嘆いたりする者と、チェンシーの強さに感心したり尊敬の目を向けたりする者に分かれている。

そんなギャラリーたちをかき分けるようにして、チェンシーがグレンのほうへと歩み始める。

先程まで彼女の圧倒的な力を見ていたギャラリーたちは、半ば逃げるようにして、本能的に彼女に気圧されてさっと道を開けた。

「へぇ……」

グレンの姿をはっきりと捉えたチェンシーは、楽しそうな笑みを浮かべた。それは、獲物を見つけた獣のようでもあった。

「ねえ、実はあなた、エルアナよりも強くない？　あたしの勘が『さっき感じた強者の気配はこんなもんじゃない』って言ってるんだけど」

チェンシーが、グレンに囁《ささや》く。

「いや、俺はただの冒険者だよ。それも、雑用を主にしているような便利屋だ」

グレンは肩をすくめながらそう言った。ただの、という部分はさておき、今のグレンが便利屋なのは事実だ。

「ふうん……」

しかしチェンシーは、納得していない様子でグレンを眺める。

飄々としている彼が隠している実力を把握することは出来ないが、なにかある、というところまではわかるようだった。

「じゃあやっぱり、エルアナなのかな。人がいるから本気を出せなかった、とか？」

チェンシーは首を傾げた。

「ま、ためしてみればいっか。ね、あたしと勝負してよ」

チェンシーは朗らかにそう言うと、グレンを見つめる。

「いや、エルアナを倒したのを見て、勝負を受けたがるやつはこの街にはいないよ」

グレンがそう言うと、離れたところにいるギャラリーも誰ともなく頷いた。

エルアナはトップクラスの実力者。

それを倒した、それに半ば伝説の存在である仙人のチェンシーに挑むのなんて、よほどの腕自慢で身の程知らずだけだ。

そんな彼女に絡まれた場合、普通の人に出来るのは許しを請うことくらいだ。

ギャラリーの中には、グレンを心配するように見ている者もいる。

誰もグレンを強いとは思っていないが、街の便利屋として、イイやつだと思っているのだ。

そんな彼がボコボコにされるのは止めたい。しかし自分が出ていってもボコボコにされる人数が増えるだけ……そんな空気が一部に出始める。

「そう？　いい勝負できそうな気がするけど？」

「まさか」

グレンは再び、大げさに肩をすくめてみせた。

「うーん？」

それを見たチェンシーは、頭を捻って考え込む。

基本的に直感で動くタイプらしく、頭をつかうのは苦手なようだ。

だからそれは、別にグレンを揺すってやろうとか、駆け引きを考えてのものではなく。

「じゃあ、やっぱりあたしが感じた気配はエルアナなのかな？　だとしたら」

ごくごく自然に、しかしどこかぶっ壊れた、バトルマニアの笑顔で言った。

「エルアナが本気を出してくれるよう、もっと追い込んでみないとダメかな」

そう言って、なんとか立ち上がったもののまだ万全ではないエルアナへと振り返り、一歩を踏み出そうとした瞬間。

「ちょっとまった」

本来なら考えられない速度で動いたグレンの手が、チェンシーの肩を掴んだ。

普通なら掴まれたところで、次の瞬間、もうチェンシーは踏み込んで飛び出しているはずだった。

しかし、グレンの手によって彼女の動きはしっかりと止められていた。

ギャラリーから見れば、ただ肩を掴んで呼び止めただけ。

しかしチェンシーには、それで十分すぎるほどの情報だった。

彼女は先程以上の笑顔で、再びグレンへと振り返る。

強者を見つけた歓喜の笑みだ。

「わかった。俺が戦おう。ただ、ここは人が多すぎる。場所を移してくれ。負けるのはみっともないしな、頼むよ」

「うん♪」

上機嫌な彼女は、とても素直に頷いたのだった。

●

グレンたちは人混みを避け、街の外へと移動した。

ダンジョンや素材集めに向かう冒険者たちは頻繁に外壁の外へ出るが、普段街の中で依頼をこなしているグレンにとっては、珍しいことだった。

一緒に移動したのは、グレン、チェンシー、そしてエルアナだ。

幸い、先程の手合わせで敗北したものの、彼女に怪我はない。

敗北のショックは大きいのだろうが、彼女はそれよりもグレンを心配してついてきていた。

グレンのほうは、エルアナにどう声をかけていいか考えているようだった。

怪我がないのはわかるが、負けた件についてのフォローは難しい。

グレン自身は誰かに負けた経験がない、というのも大きかった。

チェンシーだけはひとり、強い相手と戦えるということでワクワクしていた。

そうこうしているうちに、人が通ることのまずない荒れ地へとたどり着く。岩だらけで、開拓の予定すらない土地だ。

「よし、ここならいいか」

グレンがつぶやくと、チェンシーは待ちきれない、という様子でグレンのほうを見た。

「エルアナ、少し離れてて」

「うん……」

不安げに頷く彼女に上手い言葉をかけらないまま、グレンはチェンシーに向き合った。

チェンシーはさっそく構えを取り、また拳にオーラを纏った。

仙人を相手にするのは初めてだが、先にエルアナとの戦闘を見ているため、ある程度の戦闘スタイルはわかっている。

グレンは体内で魔力を練ると、構えた。

「いくぞ」

声をかけてから、まずは軽く攻撃を放つ。

鈍色《にびいろ》をした魔力の固まりが、チェンシーへと飛来した。

「はっ」

彼女はそれを打ち払うと、一気に間合いを詰めてくる。

思い切りの良さも、その速度も素晴らしいものだ。

グレンは感心しながら、魔力をまとった手で初撃を受け止め、大げさに後ろへと飛んだ。

衝撃を殺す意味合いもあるが、メインは距離を取ること。

チェンシーは見た目通り、素手のインファイトを得意とするようだ。

対してグレンは、遠近こなせるオールラウンダーだ。

だとすれば間合いをとったほうが有利に進められる。

そして今度は五本の光線を放つ。軽くうねりながら、それはチェンシーに襲いかかった。

「ふっ」

しかし、息を吐いた彼女は巧みにそれをかわし、再び間合いを詰めようとする。

それを読んだグレンが真っ直ぐに光線を放つものの、彼女は左手でそれを払い、右ストレートを打ち込んできた。

「ぐっ」

声を漏らしたグレンだが、その拳はさほどのダメージを与えてはいない。

グレンは徐々に攻撃の威力を上げていく。

次は球体型の攻撃を放つ。

これまでは打ち払っていたチェンシーが、とっさに性質の差を読み取ったのか、大きく距離をとって避けた。

直後、球体は爆発する。

爆破に合わせ踏み込んでくると踏んだグレンは魔力の矢を放つが、チェンシーはそれも読んで、横から拳を放った。

「なるほど」

グレンは魔力の盾でそれを受け止めるものの、そこには軽くヒビが入った。

「ほう。やはり仙人はすごいな」

グレンは感心していた。

彼は魔王である。魔族を力でねじ伏せてきた王だ。

「前魔王の配下に、仙人がいなくてよかったな」

そうつぶやいたグレンは飛び上がり、これまで以上の魔力を掌に集める。

魔力の塊はこれまでよりも重さを感じさせ、それを見たチェンシーも同じく霊気を拳に集める。

グレンの魔力は自分の頭ほどの大きさに凝縮され、放たれた。

「はぁっ！」

チェンシーがこれまで以上に力を込めて、魔力の塊を打ち払う。

だが拳を振り抜いたところで、その首筋には背後から魔力の刃があてられていた。

「……うそ」

驚いたようなチェンシーの声。

彼女もまた、これまでに負けることなどなかったのだろう。

グレンが再び、なんと言葉をかけていいか迷っていると、チェンシーが振り向く。

「すごいっ！」

その顔は悔しさではなく、喜びに満ちていた。

「あたしより強いっ！」

そしてそのまま、飛びついてくる。

攻撃の意志を感じないことから、グレンはそのまま抱きつかれた。

力強い抱擁で、大きな胸がむぎゅっと押し当てられる。

戦闘から一転、好意的になった彼女にグレンは戸惑うのだった。


勝負がついたあと、グレンはチェンシーになつかれてしまっていた。

彼女は敗北したというのに上機嫌で、グレンにひっついてくる。

その変わりようには、グレンよりもエルアナが強く驚いているようだった。

嬉々として勝負を挑んできて自分を負かしたチェンシーが、すっかり無邪気な子供のように、グレンに甘えていたからだ。

「ま、グレンがモテること自体は、わたしも誇らしいしいいんだけどね」

小さくつぶやくと、彼らの後ろを歩き……ふと思いついて、チェンシーがくっついているのと反対側に周り、グレンと腕を組んだ。

グレンはエルアナに笑みを見せると、それ以上は何も聞かなかった。

彼女が外でこうしてくっついてくるのは少し珍しい気もしたが、いきなり現れたチェンシーにひっつかれているのだ。思うところもあるのだろう、と考えた。

エルアナは人族の中でかなりの強さを誇る騎士だ。

魔族の大半も彼女には敵わない。

例えば、家事をはじめハイスペックなグラシアヌは、単純な戦闘力で言うと魔族としては、中の上から上の下くらいだろう。

そのグラシアヌを、エルアナは余裕をもって倒すことが出来る。

だからこそ敗北はこたえるのだろう、とグレンは思った。

エルアナだって当然、昔は敗北もたくさんしただろう。そうやって強くなってきたのは間違いない。しかし、大人になり、姫騎士として評判になってからは、負けることなどまずなかったはずだ。

それも先程のように、力の差を見せつけられるような形は、初めてのはずである。

と、グレンは思っていたのだが、見たところエルアナはそこまで凹んでいる様子もない。

少し不思議そうに眺めていると、エルアナが視線に気づき、軽く頷いた。

「まあ、まったく落ち込んでないわけじゃないけどね。仙人はやっぱり強いよね」

彼女は淡々とした様子で言った。

「どっちみち、わたしがグレンには勝てないのはわかっていたしね。戦いだけに目を向けずにすんでるのは、グレンのおかげだよ」

エルアナにとってグレンは、幼いころから会っていた魔王である。

人族では自分より強い者がいない中でも、ずっと強者として存在し続けてきた。

貴族の娘が集うお茶会などの場で好みのタイプなどを聞かれたときも、「自分より強い人」と答えていた。エルアナと会話ができるような令嬢たちは、結婚相手を自分では選ばない。しかしだからこそ、そう言った話は好きなのだ。

そんな周りの令嬢たちも、「エルアナ様はやはり剣が恋人なのね」と、それはそれで黄色い声を上げていた。

しかしそんなとき、彼女の頭にあったのは自らの剣ではなく、自分より強い存在――グレンだった。彼がいたからこそ、エルアナはその力に驕ることなく、また剣だけを自らの杖とせずにすんでいたのだ。

だから今回のように敗北しても、もちろんそれはショックだし、また鍛錬に励もうとは思うけれども、どうしようもなく落ち込んでしまうことはない。

「だから大丈夫なの」

そう言って、エルアナがギュッとグレンの腕を抱きかかえる。

彼女の柔らかな双丘に、グレンの腕がむにゅんと埋まるのだった。

●

そのまま三人で帰ると、グラシアヌが出迎えて、お茶の準備をしてくれた。

グレンたちはテーブルにつき、お茶を楽しむ。

「あたしに勝てる人なんて初めてだから、びっくりしたよ。山を降りてきたかいがあったなって」

事情を聞いたグラシアヌは、チェンシーの言葉にニコニコと笑みを浮かべていた。

グレンが仙人にすら勝ったことに驚き、喜んでいるようだ。

魔族にとっても仙人は、正体不明の強大な存在という印象だ。

人族よりもむしろ、魔族のほうが仙人への関心は高い。

それは魔族の基本となる、力へのあこがれや尊敬もあるし、警戒心もあるだろう。

王国の客人になっていることからもわかるように、仙人は立場的には人族寄りの存在なので、いざとなれば魔族と敵対する恐れがある。それでいて人族とは違い、能力の底が知れない。

ただただ、強大だという噂だけが流れてくるような存在だった。

魔族の中での仙人は、空想上の化物みたいなものである。だから魔族は決して、仙人たちのいる山へは近づかない。

グラシアヌが上機嫌なのは、そんな仙人すら打ち負かしてしまうくらいグレンがすごいというのが半分。そして、恐ろしい伝承に反して見た目が可愛らしいチェンシーが、グレンのもとに転がり込んできそうだからというのが半分だった。

グラシアヌは基本的に、グレンが多くの女性を侍《はべ》らせることに賛同的だ。

それは彼女自身、可愛い女の子のエッチな姿が好きだからというのもあるし、そもそも力を重視する魔族にとって、優れた者がハーレムを作るのは普通のことだからでもある。

やや伝統的なほうに属する考えではあるが、これはいつものグラシアヌの冗談とは違い、ある程度本当に魔族の常識だった。

「そんな強いグレンと、あたしは一緒にいたい。グレンの強さを学びたいんだ」

そう言ってチェンシーは、許しを乞うようにグレンを見る。

グレンはグラシアヌとエルアナのふたりへと目を向けた。

ふたり共、これと言って反対ではないようである。

「ああ、別に構わないが……俺は魔族だぞ？」

人族寄りの仙人は、まだ魔族には敵対心があるかもしれない。そんな気遣いだったが。

「ん？　どゆこと？」

チェンシーはそう言って首をかしげた。

そうだ。仙人は人族の側ではあるものの、基本的には人里離れた山の中に住んでいる。

その生態は不明だが、人族の国とも交流自体はないのだ。たまたま山を下りたときだけ、特例のように扱われているにすぎない。

当然、そこで生きてきたチェンシーにも、人族と魔族についての『常識』などない。

そこでグレンは簡単に、人族と魔族の歴史を話したのだった。

といってもグレンとエルアナはまさに、ここ数年、そしてこれから先、人族と魔族がより共生できるよう動かしている立場なので、どうしてもやや友好的な言い方になってしまうのだが。

「ああ、それはどうでもいいかな。強ければそれでいいもん。グレンはあたしが今まで見てきた中で一番強い。唯一、あたしより強い。だから好き。一緒にいたい。そしてもっともっと強くなりたいの」

「そうか……」

チェンシーはあっさりとそう言った。

強くなりたいと願うこと、力のある相手に従おうとするのは、魔族にとって普通のことだったので、グレンも納得しやすかった。

「いいですね♪　楽しくなりそうです」

そう言ってグラシアヌが頷いた。

「わたしも、もっと強くならないとね」

エルアナもそう言って、ぐっと拳に力を込めていた。

こうして、チェンシーを迎えて、グレンの暮らしはさらに賑やかになっていくのだった。

●

グレンは一日の疲れを癒やすため、グラシアヌが用意してくれた風呂に入っていた。

頭を洗いながら、ぼんやりと考える。

(今日は楽しかったな)

チェンシーとの戦闘のことだ。

今のグレンは、庶民を目指す一魔族である。

街の中で便利屋のようなことをしているのも、もとはといえば庶民として街に馴染むため。

ダンジョンに潜ってモンスターを討伐するほうが正直得意なのだが、それだと成長がない、と思ってのことだ。

もう力押しの仕事はしない。魔王を退こうとしているのは、それが一番の理由である。

強さだけで成り立ってきた自分の生き方を、少し考え直したいと思ったのだ。

だからこの街へ来てからは、基本的に便利屋として暮らしている。

それに今は、街の人の役に立つこと、彼らに喜んでもらえる仕事だというところに、やりがいも感じている。

魔王としての仕事では見られなかったものだ。

だから今の状態には満足している。

それなのに。

チェンシーが現れ、戦うことにしたのは、エルアナに危険が及ぶ可能性があったからだ。

チェンシーは感じ取った気配を疑わず、グレンが勝負を受けなければ、さらにエルアナと戦うつもりだった。

あくまでそれを防ぐために、渋々戦った……つもりだったのだが。

グレンの中にあったのは、久々に体を動かしたことによる気持ちよさだった。

戦うことは楽しい。

久々に手合わせをして、それを強く実感した。

(たまになら、戦闘系の依頼を受けてもいいかもな……)

そんなことを思いながら頭を洗い、シャワーで洗い流す。

「ご主人様♪」

すると突然風呂の扉が開いて、タオルを巻いただけのグラシアヌが入ってきた。

タオル越しでも、彼女の大きく柔らかなバストが主張してくる。

さらにその後ろから、同じくタオルを巻いただけのチェンシーまで入ってきた。

「おう……？」

すでに何度も体を重ねていて、そういった奉仕もしそうなグラシアヌはともかく、チェンシーの登場はグレンを驚かせた。

「お背中を流しに来ました、ご主人様♪」

グラシアヌはそう言って近づいてくる。もちろん、チェンシーも一緒だ。

「いや、チェンシーは……」

「師匠の背中を流すのは弟子として当然だって、グラシアヌが」

「な、なるほど」

それはそれで確かに、普通のことなのかもしれない。常識というやつなのだろう。

そのためか、チェンシーにもさほどの恥じらいはないようだ。

これはあくまで、健全な行い、というわけだ。

もちろん、グラシアヌは違うのだろうけれど。グレンはそうやって、自分を納得させた。

そのまま、ふたりはグレンの後ろへと回り込んできた。

「では、さっそく洗わせていただきますね♪」

グラシアヌは楽しそうに言うと、石鹸を手に取る。

「まずはちゃんと泡立てましょうね、チェンシー」

「うん」

「しっかりと泡立てた手で、ご主人様の体を洗っていくのです」

「このくらい？」

「ええ、いい感じです♪」

グレンの後ろからは、ふたりの話し声がする。チェンシーはかなり素直みたいだ。

「グレン、いくぞ」

「ああ」

チェンシーの声に答えると、ふわっとした泡がグレンの背中にあたり、すぐにぬるりとした、泡まみれの手の感触が伝わってくる。そのまま、チェンシーの手がグレンの背中を這い回った。

結構しっかりと洗ってきており、力強さを感じるのだが、意外なほどに彼女の手は小さい。

「ん、しょっ……」

不慣れな手つきながらも、背中を洗ってくれるチェンシーの手は心地よかった。

そうして彼が満足していると、グラシアヌは彼女へと耳打ちする。

「手の次はココを使って、ご主人様の背中を洗いましょう？」

「ひゃうっ！」

耳元でチェンシーの、小さな悲鳴が聞こえた。

それが何故だったのか、グレンはすぐに知ることになる。

「んっ……」

彼の背中にはふにゅんっ、と柔らかなものが押し当てられていた。

振り向かずともわかる。おっぱいだ。その豊かで心地よい感触は、胸以外にありえない。

鍛え抜かれた彼女の中で、もっとも柔らかい場所のひとつだ。

「ふぁ、グラシアヌ、なんだかこれは、んっ」

「ほら、もっとしっかり洗わないと。こうやって」

「んうっ！」

むぎゅぎゅっとさらに強く胸が押し当てられた途端、チェンシーの声が色を含んだものになる。

それと同時に、豊かな双丘の頂点が硬く尖ってきて、その敏感な蕾が背中を擦り上げる。

「あうっ、ふっ……んっ♥」

もはやチェンシー自身の熱さが、背中越しに伝わってくる。

最初は性的な色を含んでいなかっただけに、その切り替わりがかえってエロく感じられた。

「んっ……もっと、ふぁ……♥」

むにゅむにゅと乳房を押しつけながら、乳首で背中を擦り上げる。

漏れ出る声と尖った乳首が、彼女の興奮をはっきりと伝えてきていた。

「ごしごしと、しっかり洗うと……ご主人様も気持ちよさそうですよ？」

「そう、なの？　んっ！」

「ああ、いい感じだ」

余裕のなくなってきたチェンシーに、グレンは短く答える。

いきなりこんな奉仕をさせるのは……、という思いもあったグレンだが、チェンシーがまったくの無知ではなく、性的だとわかった上で行っていることも感じる。

おっぱいの気持ちよさと、彼女から漏れる声のエロさによって、その考えは流されてしまった。

「ふぁ、あっ♥　んっ……グレン、んぅっ」

これまでより強く、もはや洗うというよりも抱きつくような形で、チェンシーが胸を押しつけてくる。

「んぁ♥　あっ、ふぅっ……」

そしてそのまま、ごしごしと上下にこすりつけてくる。

「んっ♥　あっ、はぁ、ふぅっ♥　なんだか、ヘンな気分になっちゃうっ」

チェンシーは興奮を表に出すと、さらに勢いよくおっぱいで背中を洗っていく。泡がヌルヌルとグレンの背中を滑った。

「んぁっ♥　ああっ、んぅっ！　ふぁぁぁあぁっ♥」

か細く喘ぎ声を上げて、彼女がぎゅっと抱きついてくる。

彼女の体は熱く、そこからは発情が感じられた。

「あらあら♪　そんなに赤くなって。ちょっとのぼせてしまいましたか？　チェンシーはそこで休んでいてくださいね」

「あぅ……」

名残惜しそうにチェンシーの体が離れ、彼女が近くに座ったのがわかる。

そして間を開けず、グラシアヌが背中側から抱きついてきた。

「それでは、前は私が洗わせていただきますね？」

グラシアヌはその爆乳をグレンの背中に押しつけながら手を伸ばし、まずは首から洗っていく。

彼女の細い手がグレンの首を艶かしく這い、石鹸まみれにしていった。

その手はそのまま下へと降りて、グレンの胸板を撫で回した。

「どうですか、ご主人様♪」

ぬるぬるの手が胸を撫で回し、いたずらをするかのように乳首を擦り上げた。

その指使いはいやらしく、くりくりと乳首を弄り回す。

そうして乳首を弄り回されながら、グラシアヌはこういうのが好きなのかな、とグレンは思った。

乳首からの快感よりも、そんなふうに彼女を想うほうが興奮した。

「んっ、しょっ……乳首、立ってますね。ほら、こりこりって」

乳首をいじりながら、グラシアヌは体を揺する。すると、同じように——あるいはそれ以上に固くなった彼女の乳首が、グレンの背中にこすり当てられる。

指先でグレンの乳首をいじりながら、自らの乳首もこうして刺激している。

その、グラシアヌの淫乱さに、グレンの興奮は増していくのだった。

グラシアヌはおっぱいを背中にこすりつけながら、手をさらに下へと伸ばした。

腹筋を指先でなで上げ、ひとしきり撫で回すと、さらに下へ。

「……♥」

彼女の指先が、すでにガチガチになっている肉棒の根本へと到達する。

親指と人差し指で作られた輪が、きゅっとペニスの根本を押さえる。

「ご主人様のここも、ちゃんと洗わないといけませんね♪」

楽しそうに言いながら、彼女は指のリングを上へと滑らせていった。

泡まみれの手はとてもスムーズに、肉棒を擦り上げていく。

カリの部分に指が引っかかると、彼女はそこで軽く手をひねった。

「うぁ……」

「このあたりは念入りにお掃除しないといけませんね。ほら、きゅっ、きゅっ♪」

カリ裏を擦り上げられて、グレンは気持ちよさに前かがみになる。そこにグラシアヌが覆いかぶさるように体重をかけると、おっぱいがむにゅにゅっと押しつぶされた。

彼女は掌で亀頭を撫で回し、先端を刺激してくる。

肉棒の先端からは透明な我慢汁が溢れ出し、射精の準備を着々と進めていた。

しかしグラシアヌは、そこで手を止める。

「本当ならこのましてしまいたいですが……」

残念そうに言う彼女は、ちらりとチェンシーへと目を向けた。

「ここでこれ以上は、ね。ご主人様、あとでお部屋にお伺いいたしますね」

グレンが口を開く前に、彼女の手は足へと伸ばされた。そのまま、腿を洗っていく。

お預けを食らった状態のグレンを、少し楽しそうに見ていたのは、おそらく気のせいではないはずだ。

●

風呂を終えたグレンはさっぱりとしたものの、落ち着かなさを抱えていた。

先程、中途半端なまま終わったため、ほてりを持て余していたのだ。

そんな中、部屋のドアがノックされた。訪れてきたのは、もちろんグラシアヌだ。

「ご主人様、夜のご奉仕にまいりました♪」

彼女のほうも、すでに期待のためか目が潤んでいた。中途半端だったのは、彼女も同じだった。

すっと近寄って身を寄せると、グレンがそれを抱きしめる。

風呂でも当てられた、柔らかな双丘がむぎゅっと潰れた。

彼女の柔らかさと体温を感じながら、グレンはベッドへと連れていく。

グラシアヌから倒れ込むようにベッドに転がり、その手をグレンの服へとかけた。

グレンのほうも彼女の服をするすると脱がせていく。

元々、露出も多いグラシアヌの服だ。すぐにその、魅惑の肢体が露《あらわ》になる。

同様に、彼女も慣れた手付きでグレンの服を脱がせていった。

ふたりは生まれたままの姿になり、ベッドの上で互いの体に触れる。

グレンがその豊かな胸に指を沈めると、グラシアヌも彼の体へと手を滑らせた。

柔らかなおっぱいはグレンの手を受け止めて、むにゅりと形を変える。

その感触を存分に味わいながら、頂点にある尖りへと指を伸ばす。

「あんっ♥」

すでにピンと立って主張しているそこをつまむと、グラシアヌが艶めかしい声をあげる。

「ふぅ、んっ♥　あぁ……」

そのままこりこりっといじると、彼女は声を漏らしながら体を揺らした。

爆乳が波打つように震え、グレンを誘う。

掌でたわわな果実をもみこむようにしながら、その先端を口に含んだ。

「んぅっ、あぅっ♥」

グラシアヌの口から、快感の吐息が漏れる。

彼女は快楽をしっかりと受け止めながら、手をグレンの股間へと伸ばしてきた。

そのしなやかな手が、期待に猛った剛直を優しく握り込む。

「ご主人様のおちんぽ、すごく硬くなってます♥」

そう言いながら、その手が上下に動き始める。

裏筋の部分を親指で弄り回されると、快感が腰のほうへと駆け上ってくるのを感じた。

「さっきの分まで、いっぱい気持ちよくなってくださいね♪」

扱い慣れた肉棒をしごくグラシアヌに、グレンの欲望は高まっていく。

彼は片手でおっぱいを堪能しながら、もう片方の手を彼女の割れ目へと伸ばした。

「んぅっ♥」

くちゅり。

すでに十分に潤っていたそこが、グレンの指で音を立てる。

軽く押し開いてやると、とろっと愛液が溢れ出してきた。

その割れ目を指先でなで上げ、膨らんだ淫芽に愛液をこすりつける。

「んはぁっ♥　あっ、んぅっ……」

びくんとグラシアヌの体が跳ね、蜜がこぼれ落ちてくる。グレンは指先を膣内へと滑り込ませた。

「もうすっかり濡れてるな」

「私も、さっきのでお預けされちゃってますからっ、んっ♥」

指先で膣内の襞を擦り上げると、グラシアヌが潤んだ瞳でグレンを見つめた。

「ご主人様ぁ……♥　もう、我慢できません。ご主人様のおちんぽを、私のはしたないおまんこに入れてくださいっ♥」

おねだりをした彼女から、グレンは一度身を起こして離れる。

グラシアヌの身体は美しく、グレンの目をひきつけた。

その美貌は彫刻のようなのに、彼女は全身を熱くさせ、股間をうるませている。薄く口を開けた陰唇は、挿入を待ってヒクヒクと蠢いていた。その生々しさがグレンを誘う。

「ご主人様ぁ♥　私の中に、お情けをくださぃ♪」

グラシアヌは足を広げると、くぱぁと自らの陰裂を押し開いた。

そこからは濃いメスのフェロモンが香り、グレンは我慢できずに、彼女に覆いかぶさる。

「ひゃうっ♥」

さらに足を開かせ、その彼女のおまんこを突き出させるようにする。

そしてそこに、猛る肉棒を沈めていった。

「んぅっ♥　あっ、ふぁ、ああっ！」

ぬぷり、と肉竿がグラシアヌの膣内へと入っていく。

ぐっと腰を突き出させているので、肉棒は彼女の中に深く沈んでいった。

うねる膣襞の抱擁を受けて、肉棒に快楽が染み渡っていく。

「んぅっ、ご主人様、んぁっ♥」

先程の寸止めで昂ぶっていたグレンは、挿入直後から大胆に腰を動かし始めている。

興奮はグラシアヌのほうも同じらしく、その膣襞できゅうきゅうと肉棒を締めつけていた。

「あふっ♥　ご主人様の硬いおちんぽが、私の中をズンズンついてきてますっ♪」

屈曲位のため、グレンの体重が彼女の身体にかかる。

爆乳はむにゅんっと柔らかくひしゃげ、蜜壺を深く肉槍がえぐっていく。

「はぅっ！　ん、あぁっ♥」

グラシアヌははしたない声をあげながら、グレンを見上げた。

「ご主人様ぁ♥　んはぁ、あぁ……！」

「はぁ、ぐっ……いつもより吸いついてくるみたいだ」

膣襞の熱い抱擁に追い詰められたグレンが、少し掠《かす》れた声で言った。

風呂場での寸止めの影響もあるが、もう持ちそうもない。

「グラシアヌも期待してたからか？　それとも、この恥ずかしい格好が良いのか？」

両足をぐいっと広げて秘部を差し出す形で繋がっていることを指摘されると、グラシアヌは顔を赤くして、小さく横に振った。

「あんっ♥　そんなこと、言ったらダメです♥　んっ♥」

言葉とは裏腹に嬉しそうに言う彼女のおまんこが、またきゅうきゅうと締まった。

「グラシアヌ……ふっ……」

グレンの様子から射精が近いことを悟ったらしい彼女が、切なそうに口を開く。

「ご主人様♥　ご主人様の濃いザーメン、私の中にくださいっ」

そして下から、ぐいっと腰を突き上げてきた。

「私の奥に、あんっ♥　ご主人様の子種汁、いっぱいぴゅっぴゅしてくださいっ♥」

グラシアヌの膣襞は熱く、潤みを帯びながら肉棒を締めつける。

「んはぁっ♥　あっあっ♥　ご主人様ぁっ！　きて、きてくださいっ♥」

うねる膣襞に導かれ奥までいくと、こりっとした子宮口が吸いついてとどめを刺してくる。

「ぐっ……グラシアヌ、出すぞ」

「はいっ！　んはぁっ♥　ご主人様っ……！」

ドビュッ！　ビュククッ！

「んはぁぁあっ♥」

グラシアヌの膣内に精を放つ。

「あふぅっ♥　ご主人様のザーメン、いっぱい出てますっ！　私の中で、ベチベチって跳ね回って、ひあぁぁあっ！」

射精を受けて絶頂を迎えた彼女の膣襞が、これまで以上の締めつけで精液を搾り取ってきた。

グレンはぐっと身体に力を込める。

纏《まと》わりつく襞が一滴さえも逃すまいと蠕動する、その快楽を受け止めるのに精一杯だった。

淫らなエルフメイドおまんこの中で、グレンの分身はビクビクと震える。

「……ご主人様」

一段落ついたところで、グラシアヌはグレンを見つめた。

潤んだ瞳に魅入られていると、繋がったままの膣襞がきゅっと締めつけを再開した。

「ご主人様のおちんぽ、まだ硬いままですね♥」

その目ははっきりと期待を宿していた。

「グラシアヌのおまんこも、まだまだしたりないみたいだな」

「はい♥　ご主人様のおちんぽで、もっとめちゃめちゃにしてください♪　きゃうっ♥」

素直なお願いに腰振りを再開すると、すぐさま嬌声をあげる。

夜はまだまだ長いのだった。

第三章　庶民（？）のハーレムライフ

チェンシーを弟子としたグレンは、三人の美女とのハーレム生活を送っていた。

グレンの一日はグラシアヌに、優しく、時にいやらしく起こされることで始まる。

そしてリビングへ向かうと、エルアナとチェンシーが彼を迎えてくれるのだった。

「グレンと出会えたこともだけど、おいしいご飯が食べられるのも、山を下りて良かったたって思うんだー」

チェンシーはグラシアヌの料理が気に入ったらしく、食事のときは特に上機嫌だ。

「すぐに支度しますね♪」

そんなチェンシーに、グラシアヌが上機嫌に答える。

グレンやエルアナも彼女の食事を気に入っており、おいしいという話はするが、やはりチェンシーほど元気よくとはいかない。その素直さは、見る者を明るくさせた。

グラシアヌがテキパキと準備をし、食卓に着いた。

全員揃って食事を始める。

「仙人は食事を極限まで減らす、みたいな修行もあるけど、食べていたほうが生きてるって気がするよね！」

そう言いながら、チェンシーは勢いよく食事を平らげている。

起き抜けのグレンはそれをうらやましげに眺めた。

この中で一番起床が遅い彼とは違い、チェンシーは既に朝の稽古を行った後なので、空腹なのだった。仙人だからなのか、彼女自身の特性なのか、チェンシーは睡眠時間が短い。夜に頑張りすぎると朝寝坊しがちなグレンとは正反対だ。

あまりいい思い出がないのか、チェンシーは仙人の山に居たころの生活についてはほとんど話さない。ただ、今の彼女はとても楽しそうなので、グレンは気にしないことにしていた。

しかし、と改めて食卓を眺める。

元気ですっかり食いしん坊になったチェンシーを始め、家事スキルが完璧で夜は妖艶な美女のグラシアヌ。そして愛らしい姫騎士のエルアナ。

三人もの美女に囲まれる、とても華やかな食卓。

グレンは魔王を辞めたとき、もっと普通の暮らしを求めていたはずだが……。

「これは、普通の生活とは言いがたいよなぁ」

むしろ、魔王でいたころよりもよほど豪華だし、非日常的だ、と思う。

「あら？　そうですか？」

グレンの独り言を聞きつけて、グラシアヌが首を傾げる。

こういった細かい部分でも、彼女はかなり気が利くほうだ。

たまに……いや、それなりの頻度で、わかった上ですっとぼけたりずらしてきたりするのが玉に瑕《きず》だが。

「力や賢さを持つ男性がハーレムを作るのは、魔族でも人族でも普通のことではないですか？　ねえ、エルアナ様」

「そうね。それについてはグラシアヌの言う通りだと思うわよ？」

「あら、なんか含みがありそうですね」

同意したエルアナに、グラシアヌがわざとらしく拗ねたように言った。

「だってグラシアヌは、すぐ騙《だま》そうとしてくるじゃない。……裸エプロンとか」

さすがのエルアナも、最近はグラシアヌの嘘に警戒しているようだ。

「あらあら。でも、ご主人様はちゃんと喜んでいたじゃないですか。ね？」

「……ああ」

話を振られたグレンは、エルアナから目をそらしつつ頷いた。

裸エプロンは確かに良かったが、あまり素直に頷くのも躊躇われる。

だって、エルアナが顔を赤くしているし。

「あむっ、むぐっ、んうっ」

そんな彼らをよそに、チェンシーは食事を続けていた。とてもマイペースだ。

「ご主人様は、ハーレムはお嫌いですか？」

その言葉には、そんなことない、という確信が滲んでいた。

実際グレンは「いや、そんなことはないが……」と答えるだけだ。

同時に、まあそこまで普通っぽさにこだわらなくても良いかな、と思い始めていた。

最初は、魔王という立場から変わりたいと思い、自由になるために庶民を目指した。

グラシアヌと出会ったときから流れが変わり、結果、思っていた形とはかなり違ったけれど、今の彼女たちとの生活はとても気に入っている。

なら、それでいいのだろうな、と感じた。

「そうだな。これもありか」

「そうですよ♪」

グラシアヌは笑顔で彼を肯定した。

「そうだな」

グレンも頷いて、食事に戻る。グラシアヌの料理は今日も美味しかった。

●

食事を終えたグレンたちは、外へ出て修行を始める。人目を避け、街から少し離れた場所だ。

強くなりたくて弟子入りしてきたチェンシーはもちろん、彼女に負けたことで、エルアナも訓練に身が入っていた。そんなふたりに付き合うのは、グレンにとっても心地よかった。

みんなの役に立つ冒険者生活もとてもいいものだが、こうして身体を動かすのも気持ちいいと、この前の手合わせで思ったからだ。

もちろん、便利屋としての依頼もちゃんと受けている。

元々、ゆったり目のスケジュールだったので、問題はない。

今日もそうだが、便利屋的な仕事はなにも、毎日あるわけではない。暇な日だって結構あるのだ。

普通の冒険者なら生活のために、そういうときは採集クエストなどに出るのだが、グレンにはこれまで仕事ばかりで使う機会のなかったお金があるため、のんびりすることが多かった。

こうやって彼女たちと修行が出来るのも、生活に余裕があるからだ。

修行といっても、元々エルアナもチェンシーも強い部類だ。

やることはもっぱら模擬戦。戦闘を通して感覚を研ぎ澄ますのが主だ。

もちろん、チェンシーなどは特に、それ以外の時間にも体力作りなどの訓練を行っている。

エルアナも自らを見直し、そちらに力を入れ直したようだ。

もう強さを求めてはいないグレンは、彼女たちがそうした訓練をしている内にクエストをこなしている。

「んーー！　グレン、今日もありがとう！」

地面に転がったチェンシーが、飛び起きながらそう言った。

大きくのびをした彼女は、「んっ！」と気合いを入れ直す。

「じゃあ、あたしはこの後も鍛えてくるね！」

「ああ。ほどほどにな」

今さら無理をすることもないだろうし、グレンはいつものように気安く言った。

そしてすぐさま駆け出していく彼女を見送る。

「エルアナはどうする？」

同じくチェンシーを見送った彼女に声をかけると、エルアナは反対にグレンに尋ねた。

「グレンはどうするの？　今日は、何か依頼が？」

「いや、今日は何も無いかな。この後は暇だ」

そう答えると、エルアナは笑みを浮かべた。

「そうなんだ。じゃあ、ちょっと付き合ってくれない？」

「いいぞ。何をするんだ？」

もしかして、討伐系のクエストだろうか。

そう思ってグレンが問い掛けると、彼女はちょっと顔を赤くして言った。

「その、訓練はわたしもお願いしたことだし、大事なんだけど……その分、いちゃいちゃする時間は減っちゃったから……たまには、グレンに甘えたいかなって」

そんなふうにいじらしく言うエルアナに、グレンの胸が高鳴った。

普段、どちらかというとしっかりしてそうなエルアナの、そんな可愛らしい姿は反則的だ。

「そうか。そういうことなら」

「あんっ」

抱き寄せると、エルアナはすっぽりとグレンの胸へと納まる。

「んっ♥」

そしてちょんっ、と背伸びをしてキスをしてきた。

「あむっ、れろっ……」

そのまま侵入してきた彼女の舌を受け止め、グレンの舌がそこをなぞり回していく。

「んうっ……れろ、ちゅっ♥」

舌を絡め合い、互いの唾液を交換し合う。

そのまま手を滑らせて、彼女の背中をなぞり、お尻をなで回す。

「んっ……ここじゃ、見通しよすぎるわよ、んぅっ♥」

「じゃあ、続きは帰ってからかな」

グレンがそう言うと、彼女は我慢しきれない、というようにもじもじとしながら、グレンを見つめる。

その唇を奪い、再び舌を絡めた。

「んぁ♥　あっ……ふっ……」

艶めかしい吐息を漏らしながら、エルアナは意味ありげに森の中へと目を向けた。

その様子を見て、グレンは悪い笑みを浮かべる。

「エルアナはエッチだな。家に戻るまで、我慢しきれないなんて」

「そんなこと、言ってないもの……んぅっ♥」

お尻の側から手を這わせて、その秘裂を擦り上げると、エルアナはびくんっと大きく身体を反応させた。

「ほら、こっち」

「んっ……わかったわ」

その姿にグレンも我慢できなくなり、彼女を森の中へと連れ込む。

森は木の並びもバラバラで、少し入るだけでもう外からは見えなくなってしまう。

普通より強力な力を持つ彼女たちの訓練だから、街からは少し離れた位置まで来ているのも、隠れるのにはもってこいだった。

ここならそうそう、人が来ることはないだろう。

「とはいえ、外だからわからないけどな。もしかしたら、誰かが珍しい薬草を探して入ってくるかも」

「あんっ♥　そんなこと、んぅっ！」

「そんな場所でも、エルアナは我慢できないんだよな？　ほら、もうこんなにここを濡らしてる。下着にまでしみ出してる」

「やっ、そんな言い方されたら、んぅっ♥」

羞恥を煽られたエルアナのおまんこはさらにうるみを帯びて、はしたないよだれを垂らした。

「んはぁっ♥　あっ、グレン、んうっ」

そこに触れると、もうすっかりと湿った下着がくちゅりと音を立てた。

「あっ♥　や、だめっ♥」

彼女はグレンに身体を預け、ぎゅっと抱きついてくる。

グレンは下着をずらすと、その秘穴に指を忍び込ませた。

「んぁっ、あぁ……♥」

熱くうねる膣道が、彼の指を受け入れる。

「すごく吸いついてくるな」

そう言いながら指を曲げて、その襞を軽く擦り上げてやる。

「あぅんっ！　んぁ、あっ！」

エルアナは嬌声を上げながら、ぎゅっと目を閉じた。

グレンはもう片方の手を身体の間に忍び込ませ、快感に身を委ねる彼女の、その膨らんだ淫芽を擦り上げる。

「ひぐぅっ♥」

顔を出した敏感なそこを擦られ、エルアナはきゅっと足を閉じた。

それはグレンの侵入を拒むと言うよりも、触れている手を逃がさないようにするかのような動きだった。

「あふっ♥　ん、はぁ……」

そのままくちゅくちゅとアソコをいじり回され、エルアナが快楽に身悶える。

「あっ♥　はぁ、んっ……ふぅ、くぅんっ！」

嬌声は段々と高くなっていき、声も大きくなってきていた。

「いくら人がいないからって、あまり大声を出すと、森の外まで聞こえるかもしれないぞ」

「あっ、や、だめぇ♥」

意地悪くそう言うと、エルアナはいやいやと小さく首を横に振った。しかし、素直なおまんこはさらにきゅっと締まり、快感を求めているのがはっきりと伝わってくる。

「ねえグレン、んっ♥」

彼女はとろんとした瞳で、グレンを見上げた。

その物欲しそうな目に魅せられたグレンは。思わず、再び彼女の唇を貪った。

「んぅっ……れろっ……ちゅっ♥」

エルアナもそれを受け入れ、舌先を絡める。

「はう……くちゅ……ん、ぷはっ」

そして口を離すと、手をふたりの身体の間へと忍ばせ、そろそろと下ろしていく。

ズボンの上からでもはっきりと盛り上がりがわかる股間に、彼女の手が到達した。

そして、ぎゅっとそこを握る。

「グレンの大きくなってるこれを、わたしの中に、ね？」

ズボン越しの肉棒を軽く擦りながら、エルアナが切なそうな声で言う。

グレンは小さく頷くと、彼女のおまんこから指を引き抜いた。

「あっ……♥」

快感とがっかりが混じったような声を上げる彼女に、グレンが言う。

「エルアナ、木に手をついて、こっちにお尻を突き出して」

「んっ」

エルアナは物欲しそうにグレンの股間を見た後、頷いた。

そしてすぐに、側にあった木に両手をついて、お尻を高くする。

その潤んだ視線で、グレンのほうを振り向いた。

「グレン、あっ……♥」

素早く腰辺りまでズボンと下着を下ろしたグレンの剛直が目に入り、エルアナが期待の滲んだメスの声をあげる。

そそり立つその肉棒とグレンの顔へ視線を往復させたエルアナは、小さくお尻を振りながらおねだりをした。

「グレンのおちんちんで、わたしのおまんこ、いっぱいにしてぇ♥」

蜜壺から愛液を溢れさせ、腿にまで伝わせたエルアナの切なげな声。

「ああ」

グレンは短く頷くと、そのぷりんっとしたお尻をがっしりと掴んだ。

ハリのある尻肉が男の指を受け止めて沈み、突き出されたおまんこがフェロモンを溢れさせて誘ってくる。

グレンははち切れそうな怒張を、膣口へと押し当てた。

「あっ♥　グレンのさきっぽ、すごく熱い♥」

それだけで、彼女のおまんこは期待にじゅわっと愛液をこぼしてくる。

割れ目を数度往復させて、その蜜をたっぷりと肉棒へと塗りつけた。

「やぁ♥　そんなふうに焦らさないでぇ♥　んっ、あぁ……♥」

エルアナのはしたない声に、グレンの肉棒がぴくりと反応する。

淫らな美女にねだられて、興奮しない男などいない。

彼女の腿をつかんで、その潤んだ蜜壺にぐっと腰を押し進めた。

「んはぁぁっ♥　あぅっ、グレンのおちんちん、入ってきてるっ！」

「ぐっ……」

待ちわびた男根を、膣襞がぎゅっと締めつける。

その襞を感じながら、グレンはゆっくりと腰を前後に動かし始めた。

「はぁ、あっ、んんっ……」

引き抜こうとする度に、膣襞がカリの部分に引っかかって、強い快感を送り込んでくる。

すっかりなじんだ彼女の膣内は、しかしいつもよりも細かく震えているような気がした。

「エルアナは、外で興奮するタイプなんだな」

ぐっと身体を寄せて耳元で言うと、膣内がまたきゅっと締まる。

「んはぁ♥　あっ、違っ……んっ♥」

否定しようとするものの、彼女は身体を軽く動かし、さらに快感を貪るようにしていた。

「今のエルアナはとても無防備な姿勢だし、誰かが来ても気付かないもんな」

「んぅっ♥　こんな所、誰も来ないし、んぁっ♥」

「そんなこと言いながら、誰か来るのを期待してるみたいだ。ほら、エルアナのおまんこが、すっごい吸いついてくる」

「違うわよっ♥　んぅ、グレンのおちんちんで突かれてるときは、いつも、んはぁっ♥　同じだからっ……」

「それはそれで、恥ずかしくて嬉しい告白だね」

エルアナの言葉に、思わずグレンの腰使いが速くなった。

自分のモノをねだる美女に、欲望を吐き出したい。

オスとしての本能がそう訴えかけているのを感じた。

「はぁっ♥　あっ、んぅっ……」

じゅぶじゅぶと卑猥な音を立てながら、彼女の蜜壺を往復していく。

その中で、グレンは後ろの草むらへと軽い魔法を放った。

がさっ、と草が揺れる音が届く。

「えっ!?　グレン、ちょっ、んはぁっ♥　あっ♥　待って、今っ……!」

「ぐっ、そんなに締めつけられたら、余計待てなくなるぞっ」

わざとらしくそう言いながら、グレンはさらに腰の動きを速めた。

「んぁっ♥　違うのっ、そうじゃなくて、んぅっ!　今、あぁっ♥　声、聞かれちゃ、あぁっ♥　はぁ、んぅっ♥」

聞かれないようにしたいのか、本当は聞かれたいのか。

これまで以上に声を上げて感じるエルアナの中を、グレンは肉棒で掻き回していく。

「んぁぁ♥　あっあっ♥　だめ、イクッ！　イッちゃうっ♥　やぁっ♥　あっ、ふぅんっ！　んんっ、ひぅっ！」

グレンも絶頂へと向けて激しく腰を打ちつける。

膣襞を抉るようにしながら、往復し、その一番奥へと腰を突き入れた。

「あぁあっ！　イクイクッ！　んあぁぁっ♥　あっ、はぁんっ♥　イクッ、イックゥウゥウゥッ！」

ドビュビュッ！　ビュクッ、ビュルルルルッ！

「んはぁぁぁっ♥　熱いの、わたしの中にいっぱい出てるぅぅぅぅうぅっ！」

エルアナの絶頂に合わせ、グレンもその膣内に射精する。

勢いよく飛び出た精液を彼女の子宮が受け止め、しっかりと搾り取っていく。

「あふっ、あっ、あぁぁぁっ……♥」

ビクンッと揺れて突き上げられるお尻に、射精中の肉棒が引っ張られ、強い快感がグレンを包み込んだ。そのまま彼女の中で、じっくりと精を放っていく。

「はぁ……んぅ、あぁ……♥」

エルアナの口から悩ましい声が漏れ出して、ふたりはそのまま、快楽の波が引くまでじっとしていた。

「エルアナは誰かに見られると思って、興奮するんだな」

「違うもん……わたしはそんなっ……あっ」

やがて、ひと心地ついて少し冷静になったところで、エルアナが何かに気付いたような声をあげて、グレンのほうへと振り向く。

「うぅ……さっき誰かが来た気がしたの、あれ、グレンがやったの!?」

落ち着いてみれば、誰かが近づいてきたのに、グレンが気付かないはずがない。

少し拗ねたような顔で、エルアナがキッと睨んでくる。

グレンは笑顔を浮かべながら、頷いた。

「だってエルアナ、そのほうが興奮するだろう？」

「もうっ！」

声をあげるものの、彼女は否定しなかった。

「そんな意地悪なことしてっ。えいっ」

「おうっ」

肉棒を引き抜いて振り返った彼女は、まだ萎えきっていないグレンのモノを掴むと、雑にしごき始めた。イッたばかりの敏感な肉棒が、その刺激に微かな痛みと、それ以上の気持ちよさを感じる。

体液でグチュグチュになっているため、雑にしごかれても怪我はしない。

ただ射精直後の責めの、つらいような気持ちいいような刺激で、グレンの肉棒が跳ねた。

「いたずらなおちんちんに、しっかり反省させてあげるわっ♥」

エルアナは楽しそうに、肉棒をしごいていく。

「どう？　射精のあとって、男の人は気持ちよくてつらいんでしょ？　いたずらっこなおちんちんはちゃんとしつけてあげないと♪」

ノリノリで肉棒をしごくお姫様。

森の中だというのに楽しそうな彼女は、なんだか倒錯的でとてもエロい。

「やっぱり、気持ちよさのほうが勝つみたいね。おちんちん、まだガチガチだよ。はぁ……♥　こんなにいやらしくて、んっ♥」

「うお……」

膝をついて肉棒をいじるエルアナを、グレンは見下ろす。

彼女は着衣を乱れさせたまま、肉棒をしごいている。

「お汁でぬるぬるのえっちすぎるおちんちん、お掃除してあげるね。れろっ」

「あぁっ！」

敏感な亀頭を舐められる。

「れろっ、ちゅくっ、んっ……はむっ！」

彼女の舌がチロチロと先端をねぶった後、肉棒を咥えた。

暖かな口内に包み込まれてしまう。

「あむっ、れろっ、ちゅっ、じゅるっ……」

野外で大胆にも肉棒を咥える彼女。

竿を咥えてしゃぶる唇もエロいが、その下で揺れるおっぱいも、グレンの目を引きつけた。

「じゅぶっ……れろ、ちゅぅぅっ♥」

エルアナが顔を前後させるたびに、柔らかそうに胸が揺れる。

乱れた服装から大胆に覗く柔肉が、グレンを誘っているようだった。

「れろ♥　じゅぶぶっ……ん？　グレン、おっぱいが気になってるの？」

視線に気づいたエルアナが、いたずらっぽい笑みを浮かべながら言った。

「本当にえっちだね♥　そんな素直すぎるグレンは、えいっ」

「エルアナ、うわ、これ……すごく柔らかいな」

「ふふっ。大好きなおっぱいで挟んであげる♪　どう？　気持ちいいでしょ？」

「ああ、すごくいい。うっ……」

「あんっ、ぬるぬるのおちんちん、すっごく熱い」

ぎゅっと谷間に竿を挟みながら、エルアナがなまめかしく言った。

「グレンのおちんちん、わたしのおっぱいで降参させてあげる♪　ふわふわのおっぱいに挟まれて、えっちなお汁、いっぱい吹き出してね？」

彼女はその巨乳を駆使して、ゆっくりとパイズリを始める。

「ああ……」

挟まれているだけでも気持ちがいい双丘が、ぶるんっと震えながら前後した。

「これだけぬるぬるなら、もっと激しくても平気そうね。んっ♥　えいえいっ」

「うぁ、エルアナ、ぐっ……」

上下に肉棒をしごきあげながら、むぎゅむぎゅとおっぱいでプレスされていく。

グレンはその気持ちよさに後ずさり、背中を木に預けた。

「パイズリ、そんなにいいんだ？　ふふっ♥」

うれしそうに言ったエルアナはグレンに密着し、より根元までをおっぱいの間に挟み込んでしまった。

「ずりずりこすってると、谷間からぴょこんっておちんちん、はみ出してきちゃうね。大きくしすぎだよ♥」

はみ出した亀頭を眺めた彼女は、妖しげな笑みを浮かべる。

「はみ出しちゃった先っぽも、ちゃんと気持ちよくしてあげるね。あむっ」

「うおっ！」

エルアナはパイズリを続けながら、先端をぱくっと咥えた。

「パイズリフェラを、うぅっ……」

「れろっ、ぺろろっ……ちゅぽっ！　これ、やっぱり気持ちいいんだ？　じゃあ、このまま最後までしてあげる♪」

エルアナはそう宣言すると、両手で自らの巨乳を支え、これまで以上に激しく揺さぶりながら、肉棒の先端を咥え込んだ。

「んうっ……ふっ、ぺろっ！　れろろっ……」

幹の部分をふわふわもっちりなおっぱいに包み込まれながら、先端は唇と舌にねっとりと愛撫されていく。

二種類の責めを同時に受けて、グレンの射精欲はぐんぐんと高まっていった。

「あむっ、じゅるっ、れろっ……ぺろろっ♥」

「あぐっ、んっ、あぁっ……」

「グレンの顔、とろけちゃってる。すっごいセクシーだよ♥ れろっ……わたしのお口とおっぱいで、腰抜けちゃうくらい気持ちよくなってね？」

ラストスパートをかけるように激しくなるパイズリフェラに、グレンの精液がぐぐっとせり上がってくる。

「エルアナ、もう、出るぞっ」

「あむ、じゅるっ……いいよ。このまま出して！ れろっ、じゅぶぶっ、じゅぼぼぼぼっ♥」

口のほうは一気にバキュームしながら、柔らかおっぱいはむぎゅっと押し出すように肉棒を挟み込んだ。

ドビュッ！ ビュルルルルルッ！

「んぐっ、ん、ちゅぅぅううっ♥」

「ああっ、エルアナ、うぁ……」

射精ペニスをさらに吸われ、快感にグレンの視界がフラッシュする。

「んぐ、ごくっ、ごっくん♪ あふぅっ……♥ 精液、すっごい出たね。気持ちよかった？」

「ああ、すごかった」

木の幹《みき》に体重を預けながら、グレンが脱力してつぶやく。

その様子に、エルアナは満足そうな笑みを浮かべたのだった。

●

夕食を終えて風呂にも入り、部屋に戻るともう一日はほとんど終わりだ。

グレンは部屋でのんびりと過ごす。

魔王時代と違って、今は特にすべきこともない。

まあ、ある意味では魔王時代よりも疲れているのだが。

なんてちょっと下品なことを考えていると、部屋のドアがノックされる。

招き入れると、入ってきたのは意外にもチェンシーひとりだった。

エルアナやグラシアヌと違い、彼女が夜に尋ねてくるのは珍しい。

そう思いながら見ると、どことなく普段とは雰囲気が違った。

寝る前だからか、なんとなく色っぽさを感じる。

それは彼女自身の、気の持ちようなのかも知れなかった。

椅子を勧めると、彼女はしずしずとそこへ座る。その様子からして、普段とは違う感じだ。

「あ、あのね……」

そして、少し顔を赤らめながら彼女は口を開いた。

「エルアナとか、グラシアヌとか、その、よく、グレンと一緒にいるでしょ？　その、夜に」

「ああ……」

グレンは肯定しつつ、なんと言っていいか微妙な顔をした。

「それでね、ほら、あたしも、なんていうか……」

そこでチェンシーは、ぐっと拳に力を込めて言った。

「あたしも、グレンといちゃいちゃしたいなって！　グレンは初めてあたしに勝った人だし、その、強さはもちろん、いきなり転がり込んできたあたしをちゃんと受け入れてくれるとことかも、好きだからっ」

「そうか」

グレンは言葉少なく頷いた。そして柔らかな笑みを浮かべる。

それを見たチェンシーは、恥ずかしそうに自らの髪をいじった。

そんな様子を見て、グレンは考える。

弟子入りしてきた彼女はあまり性的なことには興味のない印象だったが、チェンシーが魅力的なのは、最初からわかっていたことだ。

背中を流すと言ってきたときだって、ドキドキしてたし……。

意識してみると、やはり彼女はとても可愛い。

「だから今日はね……」

言いかけたチェンシーを抱き寄せ、ベッドへと誘導していく。彼女は素直に身を任せた。

「んっ……」

軽い口づけ。

チェンシーは恥ずかしそうに目を閉じて、それを受け入れていた。

グレンが服に手をかけると、チェンシーは恥ずかしさと期待の入り混じったような目で見つめてくる。スムーズに服を脱がせていくのに合わせて、チェンシーもたどたどしくも彼の服を脱がせていった。

彼女の身体はよく引き締まっている。

魔力で肉体強化しているグレンよりも、ちゃんと鍛え上げられていた。

手首こそとても細いものの、二の腕はしっかりと引き締まっている。

腿も同様に、綺麗に筋肉がついていた。

鍛えられた腹筋がわずかに浮き上がり、腰は折れそうなほど細い。

それでいて、おっぱいはとても柔らかく揺れている。

引き締まった身体の分、その柔らかさが強調されているようだ。

「あう……こうやってあらためて見られると、かなり恥ずかしいね」

チェンシーは小さく体をよじりながら、そう言った。

恥じらう姿と表情は普段の元気なチェンシーとはギャップがあって、なんだかとても可愛らしかった。元々魅力的ではあるのだが、そうやって恥ずかしがられると、途端にエロさが出てくるようだった。

きゅっと足をクロスさせて大切な部分を隠す彼女に、グレンは優しく覆いかぶさる。

そしてまずは、仰向けでも存在を主張するその巨乳へと手を伸ばした。

「あぅ……」

チェンシーが恥ずかしさの中に、少しだけ甘さを含んだ声をあげた。

「あっ……はっ、んっ……」

柔らかく沈み込むおっぱいを揉んでいくと、むにゅむにゅと形を変えるたびに彼女の声が漏れ出してくる。

「グレン、あっ、手つき、すっごいえっちだね」

「チェンシーの顔も、すっごいえっちになってるぞ」

「やぁ……♥」

そう言った彼女が両手で顔を隠してしまう。グレンはそんなチェンシーを驚かせようと、豊かな双丘の上でつんと尖った乳首を指先でつまみ上げた。

「んはぁぁぁっ♥」

予想外の快感だったのか、彼女の体がびくんっと跳ねる。

「あっ、すごい、びりびりってきちゃうっ……」

顔から手を外した彼女の様子を確認して、再び乳首を弄り回す。

「んはぁっ♥　あっ♥　あぁっ……♥」

最初ほどの快感の鋭さはなさそうなものの、彼女は十分に感じ、身悶えた。

「あっ♥　やっ、ダメ、んっ……」

快楽に身を委ねる彼女のガードはすっかりとゆるくなり、先程はぴっちり閉じられていた足も弛緩してした。グレンは、そんな足の付根へと手を伸ばす。

「ぁっ……♥」

ぷっくりとした土手の上を、グレンの指が優しく撫でた。

気持ちよくももどかしい刺激に、チェンシーが切なげな表情をした。

グレンは丁寧にそこを往復してから、ゆっくりと割れ目を押し開く。

くぱぁと割り開かれたそこは僅かなうるみを帯びており、グレンの指が入り口を軽く撫でると敏感に反応した。

「んぁ♥　あっ……ふっ……」

チェンシーの初物おまんこを、丁寧にいじってほぐしていく。

「うぁ……グレンの指、あたしの大事なところを、いじってる」

「ああ。ちょっとずつ潤ってきてるだろ？」

「うぅ……」

性急すぎないよう、指を突っ込まないようにいじっていると、そこはどんどんと水気を帯びていった。

「あっ、んぁ、ああっ！」

やがてチェンシーの反応も変わってきた。

これまでよりもストレートに感じ始め、その身体が昂ぶっているのが伝わってくる。

「あっ♥」

ゆっくりと指を中に入れると、くちゅりとはしたない水音をさせながら、処女膣が受け入れてくれた。

「んっ♥　あっ、あぁ……」

入口付近をちゅくちゅくと弄り回すと、チェンシーの顔がとろけてくる。

「あっ、やっ……ダメ、グレン、んぁ♥」

普段とは違う、チェンシーの色っぽい声に、グレンのモノも反応する。

準備のできつつある蜜壺を前に、たぎらないはずがなかった。

「あっ、やっ、んぁっ♥　あっあっ♥　なんか、すごいの、ふぁっ、ああっ！　グレン、これ、あたしっ、んぅっ♥」

「大丈夫だ。そのまま気持ちよさに身を委ねていていい」

グレンは入口付近をいじりつつも、クリトリスのほうも優しく撫で始める。

「ひぃあぁっ♥　あっ、それっ、そこ、んぁぁっ！　あっ、あぁぁっ……♥」

優しく陰芽を擦りながら、膣内への入り口を優しくほぐしていく。

「んはぁっ♥　あっ、ふぁ……あんっ♥　いいっ、あぁっ……♥　身体の奥から、じわーって、あっ♥　んっ、んんんんっ！」

チェンシーがひときわ高い声をあげ、絶頂した。

びくんっと身体が震え、何度か跳ねたあと、くたっと脱力する。

「あっ♥　あぁ……♥」

感じ入ったあとで、チェンシーはがばっと身を起こした。

「グレン、あの……」

潤んだ瞳を向けた彼女は、座ったまま自らのおまんこをくぱぁっと押し広げる。

一度イッて準備のできたトロトロおまんこを見せつけられ、グレンの肉棒が跳ねた。

「あたしのここ、まだ切なくて……。だからグレンのそれ——おちんちんを、あたしの中に入れてほしい」

「ああ」

頷いたグレンが思わず喉を鳴らして動こうとしたものの、チェンシーは自らのはしたないおねだりに気付いたのか、広げたおまんこを隠すと、反対に彼を押し倒した。

「で、でもっ、なんかいろいろ恥ずかしいからっ！　グレンはそのまま寝てて」

チェンシーはグレンの上に馬乗りになると、背を向ける。

ハリのあるお尻が、グレンのお腹に乗っかっている形だ。

そのお尻が軽く持ち上げられて、位置を変える。

チェンシーの手はそっとグレンの肉棒を掴むと、角度を調節した。

寝そべっているグレンから決定的な部分は見えないが、それでもわかった。

チェンシーの手が、肉棒を自らの中へと誘導していく。

「んっ……あっ♥」

ゆっくりと腰が降りてきて、亀頭の先っぽがうねる部分へと触れる。

「あっ♥　ふぅ、んっ」

膣口に先端をあてがい、しっかりと位置を定めると彼女はそのまま腰を下ろした。

「んはぁ、あっあああぁぁっ！」

膜を裂く感触のあと、一気に肉棒が膣襞へと包み込まれる。

処女のおまんこはとてもキツく、肉竿に窮屈そうに広げられている。

突然の異物を追い出すようにうねるその襞が、肉棒に快楽を与えてくる。

「あぅっ……ふぅ、あ、んっ……グレンが中にいるんだなって、すごく感じる……それに、こんなに中を押し広げられて、あっ……」

チェンシーはそう言いながら、ゆっくりを腰を動かし始めた。

彼女が腰を上げると、まとわりつく襞に肉棒を引っ張られるように擦り上げられ、強い刺激が送り込まれてくる。

「んはぁ♥　あっ♥」

それは彼女のほうも同じようで、艶めかしい声を上げてはまた腰を下ろす。

ゆっくりとした動きながら、締まった膣内を移動するだけで十分すぎるほどの快楽だ。

グレンは仰向けのまま、背面騎乗位でまたがるチェンシーを見つめる。

彼女の綺麗な腰と背中のラインを眺めた。

「あうっ♥　ちょっと、わかってきたかも。もっと力を抜いて、あっ♥　このあたりを、ふぁっ♥」

「うおっ……！」

コツを掴んできたらしいチェンシーが、動きながら嬌声をあげる。

力を抜いたことで最初よりも膣襞の締めつけは緩やかになり、包み込まれるようなものへと変わっていた。

膣道も肉棒を受け入れ、今は追い出すようにではなく、受け入れるように蠕動している。

「あぅ、はっ、んぁっ！　これ、かなりいい、かもっ♥」

リズミカルに腰を動かす彼女の声が、どんどんと色っぽくなっていく。

膣襞もなめらかに動くようになって、肉棒を擦り上げてくる。

「あふっ、んはぁあっ♥　グレンは、どう？　気持ちいい？」

首を後ろへと向けながら、チェンシーが尋ねた。

「ああ……チェンシーの中が、きゅうきゅう締めつけてきて、ぐっ」

「あふっ♥　グレンのおちんちん、びくんってしたぁ♥」

彼女は再び前へと向き直り、腰を動かしていく。

身体能力を活かして、リズミカルに腰を振っていくチェンシー。

うねる膣襞が肉棒を擦り上げて、男の精をねだってくる。

「うぉ……」

「はぅ♥　これ、すごくいいっ！　んはぁっ！　あっ、ふぁ♥」

グレンの位置からは、上下に動く彼女のお尻が見える。

引き締まったヒップが弾む度に、肉竿を絞り上げられる快楽はたまらない。

「あぐっ、そろそろ……」

「んはぁっ♥　あっ、ふぁっ、あたしも、も……イっちゃう……んぁ、ああっ♥」

チェンシーの腰使いはさらに激しくなり、肉竿が引っ張り上げられる。

力が入ると、その膣道はとても狭く、肉棒を乱暴なほどに包み込んで絞ってきた。

「んあぁぁっ♥　あっ、ふあぁぁっ♥　イクイクッ！　すごいの来ちゃうっ！　あふぅ♥　んはぁ、イックウウウウウゥウゥウッ！」

ビュククッ！　ビュルルルルッ！

ビクンとのけ反って達したチェンシーの膣内で、肉棒が跳ね回る。

勢いよく放出されたザーメンが、彼女の奥へと飛び上がった。

「あぁぁっ！　熱いの、あたしの中にいっぱい当たってるぅ♥」

射精を受けた彼女は、ピンと伸びていた背を曲げると、荒い息を吐いた。

「ふぅ……あ……はぁ……♥」

そのままグレンの上でしばらく息を整えると、腰を浮かせる。

「んくっ♥」

抜きときにも小さく喘ぎながら、チェンシーがグレンの横へと倒れ込んできた。

「あぅ……これ、すごいね。ふたりがはまっちゃうのがよくわかった」

そう言いながら、チェンシーが抱きついてくる。

グレンの胸板に顔を埋めながら、身体を絡ませてきた。

「これからはあたしも、もっとグレンといちゃいちゃしたいな♪」

「ああ。そうしよう」

「ふふっ♪」

裸のままいちゃついて、そのまま眠りに落ちていくのだった。

●

グレンとグラシアヌがギルドに顔を出すと、いつもとは違い、早々に一仕事終えて飲んでいる冒険者はいなかった。みんな慌ただしく、クエストへ向かう準備や、終わりの報告をしている。

「ずいぶん忙しそうですね」

「周辺のモンスターが、かなり増えているらしいからな」

原因はまだ調査中だが、急に増えたモンスターをなんとかしないといけないということで、冒険者たちに通達がいき、みんなモンスター退治に勤しんでいる。

普段は街の便利屋をしているグレンにまで、討伐の依頼が回ってくるくらいだ。

ただ、町の外での活動は基本的にパーティーで受けるもので、ソロの冒険者というのは一部の特例だけなので、グレンはグラシアヌと一緒にモンスター退治を行うことにした。

エルアナは街の衛兵たちと行動し、仙人のチェンシーは数少ない特例としてソロで動く。

それぞれが、モンスター退治に向かっている最中だ。

そのため、修行は一時休止状態だった。

グレンたちもクエストボードを確認し、比較的難しめのクエストを選んでいく。

現時点ではモンスターの数こそ増えているものの、強さはいつもどおりのため、忙しいだけで危なくはないという。

とはいえ、疲れや油断が思わぬ自体を招くこともあるため、楽観はできない。

グレンたちほどになればもちろん、モンスターとの実力差が大きいので、油断でどうこうなることもない。一応、難しめの討伐を受けている。

グレンは普段便利屋として過ごし、基本的に戦闘を行わないので、受付の職員には若干心配されていたが、そこはグラシアヌの実力ということにしてある。

実際、これらの討伐は彼女だけでも行えるので嘘ではない。

本当ならもっと奥地の、難しいクエストを受けてもいいのだが、この街には十分に実力のあるパーティーがちゃんといて、彼らで捌けているので余計な手出しはやめた。

中途半端に困難で、受ける人の少ないレベルのものを選んでいる。

クエストを受けたグレンたちは、さっそく討伐のために街を出る。

「それにしても、街中みんなで討伐してるのに、なかなか減らないんですね」

道行きに、グラシアヌがそう口にした。

「そうだな。原因は調査中ってことだが、どこかから強いモンスターが出てきて縄張りを追われてるのかも知れないから、森の奥へ行くときは注意が必要かもな」

とは言うものの、このあたりのモンスターを追い出す程度のものはピンきりだ。

グレンが注意しなければならないような相手はいないとしても、大半の場合は、グラシアヌもそう緊張するような敵ではないだろう。

もちろん、手強い相手である可能性がゼロというわけではないが、より深いところへ討伐に出ているエルアナやチェンシーが原因と出会ったとしても、すぐに制圧できるだろう。

人族と魔族の交流が行われているこの街は、性質上戦闘力の高い冒険者が多いので、その点ではあまり心配がなさそうだ。

街に暮らす、戦闘力のない市民が襲われない限り、そうそうモンスターに遅れを取ることなどないだろう。

そのため、モンスター討伐に追われる忙しさはみんな感じながらも、そこまで危機的状況という感じでもなかった。

本当に危険なエリアについては周知が徹底されており、そのエリアのモンスターが飛び出してくるようなら状況も変わるが、街からはかなり遠いし、動きがあれば、目立つのですぐに分かる。

グレンたちが森の中へ入っていくと、さっそくモンスターの気配がする。

「数は、やっぱり増えてますね。こんな所まで来てるなんて」

「ああ。これだけ浅いところで出ると、普通の人はおちおち出歩けないよな」

そんなふうに話しながら、グレンとグラシアヌは単純な風の魔法を放って、飛び出してきたオオカミタイプのモンスターを倒していく。

オオカミにしては小柄だが、その凶暴さはオオカミ以上だ。

グレンたちにとっては会話の片手間で討伐できてしまう程度だが、こんなモンスターでも、冒険者じゃない人が襲われたらどうしようもない。

初心者冒険者でも危ないそんなモンスターたちを、グレンたちはガンガン倒していった。

「ご主人様は、戦うのってお嫌いなのですか？」

風下から襲いかかってきたモンスターを、見もせずに打ち払いながらグラシアヌが言った。

「初めてお会いしたときにも感じましたが、普段の生活ではあまり力を出されていないようですし」

「まあ、そうだな」

最初こそ隠していたことだが、エルアナの登場と共同生活の中で、隠し通せるものでもなかった。

だからグラシアヌには、もうグレンの正体については教えてある。

それこそ初めて会ったときから、魔王かどうかはさておき、力量については本能的に見抜かれていたようだ。驚かれはしたが、それで彼女の忠誠が変わることはなかった。

「嫌いではないが……」

グレンも次々とモンスターを打ち払っていく。

魔王といえば、武力で魔族の頂点に立つ者。好戦的で力を追い求めるイメージが強いだろう。

実際、そういうタイプの魔王がほとんどだったし。

「戦闘力を誇っても、面倒なことが多いから……な」

一見するとシンプルだが、強さなんてわかりやすいようで、戦ってみないとよくわからないものだ。一回や二回の戦闘ならともかく、常に力に頼り、力で押さえ続けていくのは精神的にもきついものがある。

そして力で君臨した先にあるのは畏怖だ。

それが悪いとは言わないが、グレンとしては今の、便利屋として軽く慕われているほうが好きだった。

と、グレンはクエストに意識を戻す。

「これだけ大量に出てくると、さすがに中堅の冒険者でも厄介そうだな」

十を超えるモンスターがあたりには転がっていた。

一匹一匹は大したことないが、あちこちから襲われればさばききれないし、体力も減っていく。

魔法で攻撃できるグレンたちはいいが、これを逐一m剣で相手取るのは面倒そうだ。

「さすがに、もう打ち止めみたいですね」

周囲の気配を探りながら、グラシアヌが言う。

「けれど、本来なら三匹から五匹くらいの群れなのに、ここまでたくさんとは」

「強いリーダーもいなかったようだし、なおさら不思議だな」

そんなことを話しながら、グレンは周囲を片付ける。

「この様子なら、もう少し奥まで行ってみるか」

「はい。ですがその前に、一度お昼にしましょうか」

「ああ、そうだな」

グラシアヌの提案に、グレンは頷いた。

ひとまず周囲のモンスターは狩ったので、ここは安全だ。

不自然にモンスターの増えた最近の状況では、それも確実とはいい難いが、どのみちグレンたちなら心配はなかった。

グレンが地面にシートを敷くと、グラシアヌがお弁当を取り出した。

日帰りであり、近場のクエストなので、荷物はレジャー感覚だ。今回は採集する物もないので、なおさら荷物に余裕がある。

モンスターを片付けたあとではあるが、雰囲気は森でのんびりとしたピクニックだ。

お弁当を広げながら、のほほんと食事を始める。

「おっ、これ、この前に屋台で見たやつだ」

「はい。おいしかったので作ってみました」

「最近はかなり人族寄りの料理も増えてきたな」

「ええ。魔族の国では見たことない料理がたくさんあって、楽しいです」

グラシアヌはそう言って微笑む。

「私、この街にきて本当に良かったです。ご主人様はどうですか?」

「ああ、俺も来てよかったと思うよ」

グレンが答えると、グラシアヌはにこやかに頷いた。

「ご主人様がいて、エルアナ様がいて、チェンシーがいて……今の生活は、とても楽しいです」

そして、グレンを見つめる。

「これからも、こんなふうに暮らせたらいいですね」

「ああ」

グレンは深く頷いた。

まだまだ実験だからというのもあるだろうが、人族と魔族の共存はうまくいっている。

魔族領内にも、同じような街を作ってみるのもいいだろう。

和やかに食事を終えたグレンたちは、そんな生活を守るため、再びモンスター退治へと向かうのだった。

●

グレンたちが帰ってからしばらく後。

別々に動いていたチェンシーやエルアナも帰ってきた。

チェンシーはその圧倒的な力から、強いモンスターが出そうなところへ多く向かい、エルアナは人々を助けたり安心させるような役割をこなすことが多いようだ。

「緊急時だから仕方ないけど、グレンと離れてるのはちょっと残念」

そう言って、エルアナがしなだれかかってくる。

「ぎゅっー」

それをみて、チェンシーもグレンへとくっついていた。

ソファーに座っていたグレンは両側から抱きつかれ、あちこちがむにゅむにゅと心地よかった。

グラシアヌは、そんな彼らをにこやかに眺めている。

昼に一緒に行動できる分、むしろグラシアヌだけは普段よりも長い時間一緒にいられているのだ。

「気を張ってることもあるし、なおさら疲れるわ」

姫騎士として注目を浴びている彼女は、やはりその分、気疲れの部分が大きいらしい。

メインとなるモンスター退治は軽い運動でしかないが、人と接するときは気が抜けない。

「うー」

胸に頭をあずけ、普段よりも甘えてくるエルアナを優しく撫でる。

いつもはしっかりしている彼女のそんな姿は、かなり庇護欲をそそるものだった。

「ん？」

そこでグレン、チェンシー、エルアナの三人が反応し、少し遅れてグラシアヌも反応を示した。

誰かが、家に来ている。

「……ああ」

と、グレンがすぐに頷いた。

「どうした？」

グレンが呼びかけると、さっとひとりの魔族が現れる。

細身で目立たない彼は、魔王軍の連絡係だった。魔王を辞めた今でも彼はグレンに忠誠を誓い、たまに情報を流してくれている。しかし、彼のグループは街でも魔族が多いエリアに常駐しているはずで、こうしていきなり人族寄りの区画にまで来たのは初めてだった。

彼は目を動かさず、エルアナたち三人に意識を向けたが、グレンは問題ないとそのまま促した。

「一部に怪しい動きが。反融和派の一部が、人族と密会を」

「反融和なのに人族と、か」

「ええ。感情ではなく、権益の問題かと。おそらくは人族のほうも」

「なるほど」

長い歴史から感情的になって、人族と魔族ではわかりあえないと思っている層は、今回の融和を崩すためだとしても、きっと手は組めない。

しかし、お互いの種族そのものへの悪感情ではなく、単に自らの利益になるからという理由ならは、反乱のやりようは十分にある。

「目星はついてるのか？」

「いえ、調査中です。まずは動きについてご一報をと」

「わかった。引き続き調べてくれ」

「はっ。それと――」

「街の人族側でも、なにか動きがあるかもってことか」

「はい」

魔族側で動きがあるのだから、人族側でも可能性がないわけではない。

しかし、グレンやエルアナの元には、まだそんな情報はなかった。

警戒する必要はあるだろうが、今の状況をひっくり返そうという勢力は、魔族側に固まっているのかも知れない。

街自体の責任者が姫騎士エルアナということであれば、かなり動きづらくもあるだろうしな。

人気が高い治世者のお膝元で動くことは厄介なのに加え、彼女は単独でも大きな戦力だ。

「ありがとう。また動きがあったら教えてくれ」

「はっ！」

連絡係は素早くこの場を去って行った。

「エルアナ」

「ええ。こっちも、警戒を引き上げるように言っておくわね」

振り向いたグレンに、彼女が頷く。そしてそのまま家を出て、街の中心へと向かっていった。

「俺も、少し出てくる」

そう言い残し、グレンもこの街にいる連絡員の元へと向かうことにした。

●

「やっぱり増えてきたか……」

森の奥でグレンは独り、倒したギガントゴーレムを踏みつけながら呟いた。

普段の彼とは違う、険しい顔だ。

というのも、このギガントゴーレムはかなりの強さを誇るモンスターで、本来ならこの辺りには出ないはずのものだ。

万が一のためにある程度の力をもつ冒険者が多い街の中でも、ギガントゴーレムを相手どれるパーティーはまずいないだろう。

大きな街にいる有名な冒険者パーティーか、さもなくばある程度の犠牲を覚悟して、複数の小隊や中隊レベルの数で臨む。そのくらいの強敵だった。

そもそも、ゴーレムは人工物でもある。何者かが、この辺りに持ち込んだのだ。

「本来なら、遺跡や砦に配置する、ドラゴン級のモンスターだからな……」

こんな森の中に置くのは不自然だ。当然、守るようなものもない。

だが、意志あるドラゴンと違い、ゴーレムは設定さえすれば、何処にでも配置することが出来る。

「モンスターが街の側に流れていた原因の一つはこれだろうな」

ここ自体はかなり深い森の奥で、街からはずいぶんと離れている。

しかし、ギガントゴーレムが配置されたことによって、モンスターのナワバリが一つずつ街のほうへとずれていったのだろう。

だからこそ街の側に出てきているのは、あくまで森の浅い場所にいた弱いモンスターたちだ。

「ただ、数が増えていたこともあるし、他にも何かあるんだろうな」

グレンは軽く考え込むが、そちらの答えはでない。何かしらの新技術なのかもしれないな、と思った。

あの日、連絡員から報告を聞いた後で、専門の人間に調査を任せつつ、グレン自身は単独でこっそりと強力なモンスターを倒し回っていた。

発生源を絶たないと本質的には解決しないが、こうして強力なモンスターを狩っていれば、牽制や時間稼ぎにはなる。

実際、グレンやチェンシーがこうして飛び回っていなければ、周囲からあふれ出したモンスターがもう街まで押し寄せていただろう。

「向こうも随分と、焦ってはいるようだが……」

問題は、意外と侮れないとわかった敵の戦力だ。

ギガントゴーレムはその強大な力の分、手に入れるのには相応の金や施設が必要となってくる。

それを配置できるとなると、かなりの金や力をもった魔族だというのがわかる。

「魔王軍のものはさすがに動かせないだろうし、個人での横流しや制作でこれほどの配置を行えるレベルの魔族ってことだからな……」

なかなかに厄介な相手だ。

「だとすると、強引に攻め込んでくる可能性もあるか」

今のところは、ゴーレムの配置でモンスターを溢れさせるという、間接的な方法をとっている。

それはおそらく、出来れば身元を明かさないためだ。

今回の交流が失敗に終われば、グレンをはじめとした融和派の力は確実に落ちる。

これまで中立だった者や、どちらかといえば融和派だった者たちも、反動で相手側へと転がるだろう。この件での悪事がばれていなければ、たいした反抗にあうこともなく、そのままスムーズにグレンの後釜に納まることさえ出来るかも知れない。

だがそれ自体は、改めてグレンが首謀者たちを倒せばいいだけだ。

魔族のほうはそれで概ね元通り。

しかし、襲われた人間の側は、これまで以上に魔族に怯え、融和派は急速に力を失うだろう。

こちらは魔族と違い、力で統べる、ということが出来ない。

再び手を取り合おうと思えるようになるまで、長い時間がかかるだろう。

反乱を起こした魔族の何割かは打ち倒されて捕まるだろうが、一部の権益を守ることは出来る。

共倒れのような形だが、一応彼らの狙いは達成されてしまうことになる。

だからグレンたちが勝つには、こうして力をそいでいき、彼らが本格的に動き出す前に首謀者を見つけ出すか、彼かが動き出したところを力でねじ伏せるか、だ。

「ただ、思った以上に相手も強大みたいだからな」

ギガントゴーレムを配置できることといい、人族側の反乱勢力も、かなり力を入れて協力しているようだった。

「ある意味、手を取り合えてるってことなんだろうがなぁ」

上手くいかないものだな、とグレンはひとりごちる。

溜息をつきながら、気配を感じて上を見上げる。

他の場所で、同じく意図的に配置されたであろう強力なモンスターを倒していたチェンシーが、こちらへと跳んできた。

高く跳んだとは思えないほど、彼女は静かに着地する。

「うわぁ、こっちはギガントゴーレムかぁ」

グレンの足下を見たチェンシーは、驚きと喜びを混ぜたような声をあげる。

強い相手と戦いたいチェンシーとしては惹かれる部分も大きいのだろうが、状況が状況だけに、素直に喜びは出せないという感じだ。

それでも漏れ出している期待に、グレンは苦笑する。

しかしまあ、頼もしいのも事実だ。

「かなり激しくなってきてるよね。けっこう削られて、向こうも追い詰められてる感じ？」

「みたいだな」

グレンは頷いた。

「あとは、どっちが早く詰められるかだな」

いざとなれば捨て鉢で動ける相手側に比べ、証拠も集めなければいけないグレンたちは圧倒的に不利だ。

「まあでも、あたしに出来るのはこうやってモンスターを倒していくことだけかな」

「ああ、それは俺も同感だ」

チェンシーと頷き合いながら、ひとまず街へと戻るのだった。

●

帰宅したグレンたちはグラシアヌに迎えられ、夕食をとった。

ここ最近、エルアナは役所のほうに詰めていることが多いので、食卓が少し寂しい。

書類仕事が得意なわけではないとは言っても、彼女はいるだけで騎士たちに安心感を与える。

姫騎士としてこれまで積み上げてきた信頼や立場の賜物《たまもの》だ。

魔王として畏怖され、その場にいるとむしろ萎縮させてしまうグレンとは違うのだった。

今は様々な人がくれた調査報告を整理し分析しているはず。グレンやチェンシーにできるのは、その結果から予測される地点で、強力なモンスターを倒すことくらいだ。

他に出来ることはないので、それ以外の時間は休息に当てている。

もちろん、強力なモンスターを倒すのも重要な仕事である。もし彼らがいなければ、反融和派の準備はもっと早く進み、今頃は街まで攻め込まれていただろう。

夕食を終えたグレンは風呂へと向かう。

あまり思いつめたところで、出来ることはないのだし仕方ない。

もっとリラックスしたほうがいいな、と頭ではわかりつつ、こういったもどかしいのはあまり得意ではなかった。

自分は結局、どこまでも脳筋寄りなんだろうなぁ、と思いながら髪を洗う。

と、そこで風呂場の外に気配を感じた。

髪を洗っている最中なので振り向けないし、敵意がないから気にせずに続けていると、浴室のドアが開くのだった。

「あっ、グレン、まだ身体は洗ってない？」

「ああ」

入ってきたのはチェンシーだけのようだった。グレンはうなずくと、そのまま洗髪を続ける。

そんな彼の後ろに、チェンシーが回り込んだ。

「髪、いま流すけど」

「じゃあ、あたしがやったげる」

そう言うと、チェンシーがグレンの頭にお湯をかけていく。

数度繰り返して泡を落としきると、チェンシーが石鹸を泡立て始めた。

「前のときはちゃんとわかってなかったけど……今なら、もっとえっちにご奉仕出来ると思ってね？」

彼女はそう言うと、自らの身体に泡を塗りたくって、グレンに身を寄せてきた。

ふにゅんっというおっぱいの柔らかさと、石鹸のぬるぬる感。

「気持ちよくなって、リラックスしよう？」

そのままむにゅむにゅと身体を上下に動かし、おっぱいで背中を擦ってくる。

「ん、しょっ。どう？　それにこうやって、手を前にまわして……」

チェンシーの石鹸まみれでぬるぬるの手が、グレンの胸を撫で回した。

そのおかげでより身体が密着し、彼女の巨乳がむぎゅぎゅっと潰れる。

「ん、ふふっ。グレンの身体、やっぱりいいね。男の人って感じがする」

チェンシーがそう言いながら、手をお腹のほうへと滑らせていく。

「腹筋に指を這わせて……あんっ♥　グレン、動いちゃダメだって、んっ」

艶めかしい指使いに思わず身を捩ると、その動きで乳首を刺激されたのか甘い声をあげる。

「もうっ……それじゃ、ここ、洗うからね。えいっ」

「おうっ」

チェンシーの手が、グレンの肉棒を掴んだ。

すでにヌルヌルになっている指先と掌が、肉棒を包み込む。

「あはっ。もうガチガチになってるから、大きくて握りやすいね。ほら」

彼女は無邪気に言いながら、手を上下させる。

石鹸ぬるぬるでの手コキは、スムーズに快感を送り込んできた。

「前はよくわかってないあたしがいたから、グラシアヌも中途半端になっちゃったんだよね？　今日はちゃんと、このままいかせてあげる♪」

そう宣言したチェンシーが、手コキの速度を上げていった。

石鹸はローションよりも滑りがいいため、やや乱暴にしごいても気持ちがいい。

彼女のほうもそれをわかっているようで、いつもより力強く肉棒を扱き上げていった。

「にゅぽにゅぽ音がしてる。ほら、グレンのおちんちん、泡まみれなのにすっごいえっちだね。しこしこ、しこしこっ」

「うぉ……」

荒々しい手コキは刺激が強く、グレンは思わず声をあげる。手コキに集中する彼女はおっぱいをぐいぐいと押しつけてくるので、そちらの気持ちよさもグレンを責め立ててくるのだった。

「手でするとおちんちんの様子がわかりやすいね。ほた、浮き出た血管とか」

「あぁ……そうかもな」

彼女は片手で手コキを継続しながら、もう片手の指先で肉棒をなぞる。

血管に沿って指を這わせたかと思うと、裏筋のところをカリカリとくすぐる。

カリ裏をなで上げられると、快感が腰へと抜けてくる。

泡だらけになった肉竿は、彼女の指を受け入れて滑らせる。

「あぁ♥　そろそろいきそうだよね？」

「くっ……いいぞ」

グレンがうなずくと、彼女はこれまで以上の勢いで手を動かしていった。

しゅこしゅこと扱き上げられて、精液が上り詰めてくるのを感じる。

「すごい……グレンのおちんちん、いきそうになってるのがわかるね」

そんな彼女の手が、せり上がっている玉袋を持ち上げるように愛撫した。

「うあっ！」

「きゃっ♥　すごい勢いだね♪」

押し出されるように飛び出した精液がぶちまけられた。

泡とは違う、ねっとりと粘性のある液体。

「あふっ……こんなに出てるのを見たら、あたしも我慢できなくなっっちゃった」

そう言ったチェンシーは、グレンの正面へと回ってくる。

出したばかりで萎えつつある肉棒を、彼女の手が包み込んで軽くしごいていった。

「うおっ……」

射精直後を責められる痛気持ちよさに、グレンが声をあげる。

「もう、石鹸じゃないものでべたべただよ？　今度はあたしのここで、キレイにしないとね」

そう言いながら、チェンシーが自らの割れ目を押し広げる。

赤く艶かしく蠢くそこは、もう十分以上に濡れていた。

ヒクヒクといやらしく蠢いて、肉棒を待っているおまんこ。

肉竿にお湯をかけて石鹸を落とすと、チェンシーはそのままグレンの腰に足を回した。

「ぐっ、うぁ……」

そのまま彼女を支えるグレンの肉棒が、蜜壺に飲みこまれていく。

対面座位の形でつながると、彼女はゆっくりと腰を動かし始めた。

浴室内は湯気に包まれており温かいが、これだとすぐにのぼせてしまいそうだ。

彼女のしっとりとした肌と、膣内の熱さを感じながら、グレンはそう思った。

そのままぬぷぬぷと、チェンシーが腰を振っていく。

「ふぁ、あっ♥　グレンのおちんちん、気持ちいいよぉ♥」

うっとりとそう言う彼女は、どんどんと腰振りのペースを上げていった。

もうすっかり復活したグレンの肉棒も、そんな膣襞の刺激を心地よく受け止めている。

それに、向かい合って上に乗られているため、彼女の巨乳がすぐ目の前で揺れているのも、グレンにとっては興奮材料だった。

「あんっ♥　あっ、顔をうずめるなんて、んっ♥」

グレンは目の前で揺れるおっぱいに手を伸ばし、顔を埋めた。

ハリのある双丘がむぎゅっと顔を包み込む。

両手で揉み込むたびに、形を変えるそこが圧迫感を増した。

「んぁっ、あっ、ふぅんっ♥」

膣内への刺激を受けつつ胸もいじられたチェンシーは、快感に甘い吐息を漏らす。

「んっ、あぁっ……そんなにおっぱいが好きなら、ぎゅーっ」

「んぐっ」

チェンシーがグレンの頭を抱え込むように、自らの胸へと押しつけた。

柔らかおっぱいに包まれて、上手く息のできないグレンが声を漏らす。

「あふっ♥　グレンってば、んはぁっ♥　やっ、んぁっ！」

両手で乳首をいじってやると、チェンシーが高い声で喘いだ。

グレンの頭を抱く力も弱くなり、そのすきをついて脱出した彼は、次に乳首を口に含む。

「や、んはっ♥　乳首、そんなにれろれろしちゃダメっ……！」

ぷっくりと膨らんだ乳首を舌先で転がし、唇で挟み込む。

びくんと身体を跳ねさせたのを見計らって、グレンは下から腰を突き上げた。

「ひゃうぅぅんっ♥」

油断していた子宮口に肉棒がぐりっとあたり、彼女は身体をのけぞらせて震えた。

膣道がぎゅっと締まり、襞が蠢く。

「んはぁっ♥　あっ、だめっ、んぅっ！」

チェンシーが、今度はしがみつくかのようにグレンに抱きついた。

先程、顔を胸に押し当てていたときとは違い、余裕のないしがみつき。

それだけ感じていることに満足しながら、グレンはさらに腰を突き上げた。

「んはぁっ♥　あっあっ♥　らめっ……！　んぁ、ああっ！　そんなに、ズンズン突き上げちゃだめぇっ！」

「うぁ、チェンシー、もう少し力を抜いて」

「むり、むりだよぉ♥　んはぁっ♥　あっ！　グレンのおちんちん、奥まで突いてくるんだもん♥　んあぁっ……！」

ぎゅっと締めつけてくる彼女の膣道に、グレンも限界を迎えつつあった。

「ひぐっ♥　あっ、イクッ……！　グレン、あたしもうっ……」

「ああ、こっちもそろそろだ」

「んはぁぁぁっ♥」

言いながら腰を振るグレンに、彼女が声をあげる。

「んあぁぁぁっ♥　あっ、ああっ！　もう……！　イクッ、イクイクッ、いっちゃうぅぅ♥　んああ♥　あぁっ、んはぁぁぁぁあぁぁぁっ♥」

ぎゅうぅっと強く抱きつきながら、彼女の膣襞が収縮した。

絶頂おまんこが精液を搾り取ろうと動く。

その蠕動に耐えきれるはずもなく、グレンもそのまま射精した。

「あひゅっ♥　あっ、熱いの、出てるぅ……♥」

とろけた声で漏らすチェンシーの中へと、グレンはドクドクと精子を吐き出す。

「あふぅ……♥」

色っぽい声を出しながら、彼女は抱きしめる腕を少しだけ緩め、身体ごともたれかかってきた。

グレンはそれを受け止め、彼女を優しく抱きしめる。

「あっ、グレン……」

しばらくそうしていると、何かに気付いた彼女が、いたずらっぽい笑みを浮かべた。

「あたしの中で、また大きくなってきてる♪」

嬉しそうに微笑むと、ちょっと迷うようにしたあとで言う。

「でも、これ以上お風呂にいると身体に良くないよね。ベッド、いこっか？」

「……ああ」

「あぅ……♥」

提案しておきながら、チェンシーはグレンの上からどかない。

代わりに軽く、腰を前後に動かしてきた。

肉棒を出すのを、もったいないと思っているようだった。

「一度離れても、またすぐすればいいだろ？」

そう言いながら軽く口づけをすると、チェンシーはようやく、グレンから離れたのだった。

もちろん、その後は一緒に部屋に行き、続きを楽しんだのだった。

●

連絡員からの報告があり、グレンたちは会議室に集まっていた。

十数人が顔をつきあわせている。

「かなりまずいわね」

テーブルにはこの街の周辺地図が置いてあり、そこに四方から矢印が伸びていた。

「これが、敵の予測進撃路ですね」

そう話すのは、人族側の斥候だ。

いよいよ相手側に動きが出てきたということで偵察した結果、向こうが強硬手段に出てきたことがわかった。

問題は、予想よりも相手の個々が強かったこと。

利権を狙う者たちは、あくまで手段とはいえ人族と協力している。それはつまり、魔族内で知られる武闘派たちとは組めなかったからだろう。それなら、きっと相手は数で攻めてくると思っていたのだが、そうではなかった。

「数よりも、個体ですよね」

魔族側の文官がうめき声をあげる。

今回の襲撃は、四人の魔族を中心とした部隊が、四方向から攻めてくるというもの。

住民を守るためには、少しでも街に入られてはいけないことを考えると、それぞれを外壁の到達までには迎え撃たないといけない。

たとえいくら強くて、連戦できるだけの力があっても、チェンシーひとりで四カ所に対応するのは不可能だ。負けることはなくても、時間が足らない。

数だけの軍団なら街に籠城して持久戦も行うことも可能だったのだが、報告によるとそれぞれの場所にかなり強い魔族がいるらしい。

チェンシーやエルアナは、なんとか対応できるが……。

「エルアナ様やチェンシー様を除くなら、これから到着する援軍を併せても、どちらかの残り一方面で精一杯です。分割すれば、全滅するだけでしょう」

「そう……ね」

その報告に、エルアナは渋い顔で頷いた。

エルアナたちほどの力がないグラシアヌは、この街の衛兵や援軍のチームに含まれている。

グレンは未だに、街中の防衛に残すほうの人員に組み込まれていた。

強力なモンスターを倒してまわってはいたが、すうべてチェンシーの手柄にしていたグレンは、周りには強いとは思われていない。

「グレン様、何か思いつきますか？」

人族側の文官から話を向けられて、グレンは考え込む。

彼が魔王だということは、混乱を招くというのもあって、まだ伏せられたままだ。

今、ここに呼ばれているのも、エルアナと親しいからということにしている。変わり者の冒険者ではあるが街に詳しく、なにかアイデアを思いつけるのではないかという建前でだった。

情報を見るに、正攻法では戦力が足りない。冒険者ならではの奇策に頼りたくなるのもわかる。

「そうだな……」

相手の戦力を、もう一度考える。

普通に戦うならば、街が半壊した辺りでなんとか敵が全滅するだろう。

しかし、そのレベルまで破壊されてしまっては、交流そのものが失敗に終わり、本格的な融和は遠ざかってしまう。

グレンたちの勝利条件は、あくまで融和を進めることなのだ。

しかし、相手のなりふり構わない特攻を前に、それはとても困難だった。

「ご主人様……」

そんなグレンに、グラシアヌが小声で声をかける。

「どうした？」

「目的はあくまで、この街を守ること。そのためには、少なくとも住人には被害が出ないこと、ですよね」

「ああ、そうだな」

それを聞いたグラシアヌは頷いて、さらに声を落とした。

「なら、方法はあります」

そして顔を歪めると、続ける。

「ここはやはり、援軍を含めた衛兵隊を二つに分けましょう」

「いや、それだと……」

「たしかに正面からぶつかれば、一気に蹴散らされて終わりでしょう。でも、最初から時間稼ぎだと割り切れば……」

彼女はさらに苦しげな表情を浮かべながら、続けた。

「勝ち目はなくても、時間稼ぎに徹すればある程度は持つはずです。チェンシーたちが駆けつけるまでの時間は、それならぎりぎり足りるかと……。森側の防衛であれば、私にもエルフなりの戦い方があります。私たちを含めた兵の犠牲は無駄ではなく、融和の妨げにはなりません……」

むしろ共に戦い、勇敢に散っていくことで、結束を高めることになるかもしれません、と続けたのだった。それは常に明るい彼女らしからぬ、悲壮な決意だった。

「そこまでは……」

否定しようとするグレンだが、彼の中の理性はそれを肯定していた。

街を襲われないで、融和を推し進めるという意味では、現状の手札だとそれしかないように思われた。

だが、犠牲ありきの作戦をよしとは思えない。こんなのは、昔と同じだ。

グレンの望む、新しい世界ではない。だとすれば……。

「いや、やっぱりそれはダメだ」

グレンはきっぱりと言った。

確かに現状の持ち札では、その方法でしか街を守れない。

だったら、伏せてあるカードを裏返せば良い。

「俺が出よう」

グレンはそう言った。

「えっ!?」

驚きの声がみんなからあがる。

「えっと、それはどういう……？」

グレンを、ただの便利屋的な冒険者だと思っている人族が疑問の声をあげる。

正体を知っているエルアナたちも、彼が自分から明かしたことに驚いているようだ。

「こんな時に言っても混乱を招くだろうが、それどころじゃないしな」

そう言って頷いたグレンは、軽く息を吐いた。

この一言で、グレンの庶民生活はきっと終わってしまう。それでもやはり、この街を守りたかった。ずっとここで生きていたいと思えるほどに、グレンはこの街が好きになっている。

「俺は表にはあまり出なかったし、知らなかったと思うが。俺は魔王だ。グレン・シャルル・ブロシャールなんだ」

「ま、魔王!?」

人族の文官たちは驚きで腰を浮かせながら、エルアナへと目を向けた。

彼女なら、魔王の正体を知っているからだ。

「そうよ」

エルアナが肯定しただけで、一部の者は納得したようだ。それだけ、エルアナへの信頼は厚い。

とはいえ、もちろん驚きから戻ってこられない者もいる。

「そうか、だからエルアナ様が一緒に……」

まだ、驚きっぱなしの者たちのために、エルアナが続ける。

「間違いなく、グレンが魔王よ。そして、それにふさわしいだけの力を持っているわ」

本当に良いの？　と目で問い掛けるエルアナに、グレンは頷いた。

魔王であることを明かしてしまえば、これまでのようにただの冒険者として気楽に暮らすことは出来なくなってしまうだろう。

しかし、今はそれどころではない。それにこれは、魔王としての選択ではなかった。

この街と衛兵たちを守るために、冒険者としてのグレンが、自分の持てる力を使おうと決めたことだ。

「それなら……」

「ええ。わたしとチェンシーとグレンがそれぞれひとりで一カ所ずつ。あとは残りの勢力を一カ所に集めて、ぶつかることにするわ」

「おおっ！」

エルアナの言葉に、文官たちの顔色が良くなった。

それならいける、となり、ひとりの文官が立ち上がる。

「では、さっそく準備を」

「ええ。この街のために、戦うわよ！」

彼らは素早く動き出した。そして部屋にはグレンたちだけが残される。

「確かにこのタイミングなら混乱も最小限……というかみんなそれどころじゃないけど、よかったの？」

「まあ、それしかなさそうだしな」

エルアナの問い掛けに、グレンは頷いた。

「平穏な生活も、みんながいてのものだしな」

「おおぉ……」

そう言って立ち上がったグレンに、チェンシーが感嘆の声をあげた。

「チェンシーもよろしくな」

「うんっ、任せといて」

そう言って、彼らも準備を始めたのだった。

●

グレンが担当するのは、四つの進撃路の中で一番の勢力が襲いかかってくるところだ。

兵の数自体は同じだが、それを率いている強力な個体がいる。

ジルムンド・ボルツァという、魔族でも名の知れた戦士だった。

ジルムンドは魔族の中では有名な、医者の一族に生まれた。

ボルツァ家は肉体を活性化させる魔術に優れ、それを用いて治療を行うことにおいて、随一の力を持つ一族だ。

反面、その地位と能力に驕《おご》ることが多く、また多くの見返りを要求するため、一部の金持ちからは優れた医者と称賛を浴びる一方で、彼らの治療を受けられない庶民からは悪い感情を抱かれることが多かった。

それ自体はまあ、仕方ないのことだとは思う。

グレン自身の主義とは違うが、自らの技術に値段を付けるのは本人の自由だし、治療自体にはなんの問題もない。

技術がなくてただ高額なだけなら、金持ちだってボルツァ家に頼りはしないだろう。彼らにはちゃんと、高い金をとるだけの理由があった。

ただ、そんなボルツァ家にあっても、ジルムントは問題児だった。

彼の才能は、ボルツァ家が得意とする医療とは別のところにあった。

魔族としてはある種まっとうな、戦闘だ。

しかし元々、能力に裏打ちされたものとはいえ、選民意識や気位《きぐらい》の高かったボルツァ家にとって、医療の才能がないジルムントは非才扱いだった。

実家から無能扱いを受けていたジルムントは、そのうさを晴らすように様々な魔族に襲いかかり、打ち倒してきた。

いくら力が重要な魔族といえど、辺り構わず喧嘩を売っていいはずなどない。

当然、彼の行動は問題となったが、一族の名に傷がつくことを厭《いと》うボルツァ家によって、それらの事実はもみ消されていった。

ボルツァ家は、力を持つ医者の一族だ。

その彼らが病死といえば病死、事故死といえば事故死なのである。

たとえそれが、明らかにジルムントによる殺人であっても。

ボルツァ家の対応に味をしめたジルムントは、その後も周囲に当たり散らしながら、力をつけていったのだった。

性格に問題こそありすぎるものの、その力は強大だ。

まっとうに育ちさえすれば、軍部で出世していただろう。

しかし事件を起こしすぎた彼に、その道はない。

そしてまた際限なく力をふるい、事件を起こしていくのだった。

目につくものを破壊していくだけの彼に、本来なら反融和の思想はないはずだ。

だから彼の存在は、連絡員たちにも予想外だったようである。

まあ、反融和派に与してからも、中で問題を起こしていたようだが。

「ただただ血と闘争を求めるバーサーカーか」

そのジルムント率いる軍勢は、勢い任せに荒野を突っ切り、街を目指しているところだった。

陽動かつ最大戦力、という無茶苦茶な役割は、結局ジルムントを御すのは無理で、好き勝手やらせた結果だろう。

そんな制御不能のバーサーカーであっても、取り入れたいほどの力が彼にはある、ということだ。

荒野までひとっ飛びしたグレンは、空中に浮かんだままで彼らを見下ろした。

「おい、あれ……」

軍団の中のひとりが、グレンを指さして声をあげる。

いつものグレンとは違う、その佇まい。

まだ空中に浮かんで見下ろしているだけなのに、その身体からは強大なオーラが溢れ出していた。

兵たちも顔は知らない。

グレンは表に出ることのあまりない魔王だったから。

しかし、その力やオーラのほうは魔族には有名だ。

姿を表さずとも、力をいちいち見せつけずとも、君臨し続けた最年少の魔王。

「ひぃぃっ……！　なんでこんなところに」

「マジかよ……海の向こうに飛び立って、いまは音信不通じゃなかったのか？」

軍団からは驚き、恐れの声が上がってくる。

つい先程まで街を蹂躙しようと意気込んで進んでいた彼らが、一気に怯える側になった。

それほどまでに、魔王の姿は魔族たちを怯えさせていた。

その様子を、グレンは見下ろす。

しかしジルムントだけは、まっすぐにグレンを見上げた。

「グレン・シャルル・ブロシャールか……」

ジルムントがいびつな笑みを浮かべる。

そこには確かに怯えもあったが、それ以上に喜びが浮かんでいるようだった。

「貴様を倒せば、何もかもがひっくり返る」

ジルムントはまず小手調べに炎を放ち、その隙に一気に自らの肉体を強化する。

強化された肉体は、ジルムントにとってもっとも頼りになる武器だ。

魔王といえど、倒してみせる。

そんなふうに思った彼は――。

「え？」

短く、そう言うのがやっとだった。

「できるだけ犠牲を出したくなくてな。俺は早くグラシアヌたちのところに行って、もう一方も手伝わないといけないんだ」

だから、と炎を打ち払ったグレンは、跳び上がってきたジルムントを片手で薙ぎ払う。

弾き飛ばされたジルムントはすばやく起き上がり追撃に備えた。

しかしグレンは空中のまま、その掌に強大な魔力の球体を作りながら言った。

「さっさと終わらせてもらう」

「全員、やつを撃ち落せ！」

ジルムントが叫ぶと、はっとしたように魔族の軍勢が、魔法や弓でグレンに攻撃を集中させた。

空中にいるため、誤射の心配もない。

何十何百もの攻撃がグレンへと襲いかかる。

蜂の巣になるどころか、塵すらも残らないであろう集中砲火だ。

グレンは片手で魔力の球体へ更なる魔力を送り込みながら、空いている方の手を飛んでくる攻撃へと向ける。

「なっ――！」

かざされた手からは黒いシールドが現れた。

たったそれだけで、魔族たちの攻撃はすべて防がれる。

集中砲火を受けてもびくともしないシールドに、魔族たちからは驚きと恐怖の声があがる。

そして同時に、彼らの視線はグレンの手にある、強力な魔力の球体へと向けられる。

とっさに出したシールドですら、攻撃をすべて弾き飛ばしてしまうほどのもの。

では、これだけの時間チャージしているあの攻撃は、一体どれほどのものなのか。

そんな疑問を一顧だにせず、グレンはそのまま魔力を打ち出した。

グレンの手から放たれた魔力の塊は、両手で抱えられる程度のサイズだった。

しかし、そこに詰め込まれた魔力はあまりに強大で、それがジルムントたちのもとへと到達した瞬間、爆発した。

圧倒的な魔力の奔流がジルムントたちを飲み込んでいく。

防御態勢をとった者、シールドを張った者もいたが、そんなことは関係ないとばかりに、グレンの魔力がすべてを飲み込んでいく。

それはまず見せることのない、魔王としての真のグレンの力。

「ここが荒野でよかったよな。市街地での戦いはあまり向いてないから」

グレンはそうひとりごちる。

先程までジルムントたちが立っていた場所。

そこは巨大なクレーターになっていた。

軍勢すべてを飲み込んだあとの、巨大なクレーター。

一撃だ。

グレンが放った一撃によって、地面は深くえぐれ、ジルムントたちは為す術もなく消滅した。

強大である分細かなコントロールができないので、普段はなかなか使う機会のない攻撃だ。

グレンは、あとでこのクレーターをどうにかしないとな、と思いつつ、グラシアヌを始めとした、衛兵や援軍が対応しているほうへと飛んでいくのだった。

もちろん、味方のいるそちら側では、こんな雑な攻撃は行えない。

それでも、グレンが戦えばどうなるか。

程なくして、グレンは味方からの歓声に包まれることになるのだった。

エピローグ　庶民魔王のハーレムライフ

グレンたちの活躍によって、反融和派の反乱は鎮圧された。

街にたどりつくことなく、彼らは瓦解したのだった。

それから数日。

襲撃の話が流れ混乱こそしていたものの、街の人々は実際に襲い来る魔族たちを目にすることはなく、印象も悪化せずにすんだ。外壁の防衛にはむしろ、両族の兵士たちが並び立ったのだから、結束も充分に硬くなったほどだ。

迎え撃った衛兵や、王国からの応援の軍、参加した冒険者たちにも大きな怪我はなかった。

グレンがすばやく防衛にも駆けつけ、反融和派を打ち払っていったためだ。

グレンの戦闘を見た彼らのうち、普段のグレンを知っている者はその強さに驚き、話自体は一気に広まった。

冒険者にせよ衛兵にせよ、手柄は誇るものだ。口止めなんてする間もなく、グレンの話は英雄として住民たちの耳に入っていった。

反融和派の動きがなくなったことで、モンスターのナワバリも正常化している。

冒険者たちの生活は平穏になり、グレンも討伐系の依頼は行わず、街の便利屋に戻っていた。

そんなわけで。

「おうグレン！　この前は大活躍だったらしいな」

「たまにはな」

「いやいや、グレンにはいつも助けてもらってるって」

「あ、グレン。ちょうど肉が焼き上がったところなんだが、一本どうだ？」

「せっかくだけど、クエストに向かう途中でな」

街を歩くと、そうやって声をかけられるのだった。

実力を見せて魔王だということが知られれば、もうこれまでのように暮らせなくなるのではないか――と思っていたグレンだったが、実際はあまり変わらなかった。

それは、これまでの彼が街で様々なクエストをこなし、信頼関係を築いてきたからでもあり、この街の人が自分と違うものを受け入れるタイプだからということもあり、そして何より――。

「いや、グレンは最初から、解決方法がぶっとんでるやつだからな」

ということだった。

魔族だから……である程度の納得はしていたものの、彼が普通じゃないのは最初からわかっていたと、皆が口々に言う。

そんなわけで、彼はこれまでとなんら変わりなく、気楽な便利屋生活を送れているのだった。

変わったことといえば、グレンをなめていた魔族の中級冒険者の態度くらいだ。

実力を目の当たりにし、これまで下に見ていたグレンへの態度を改めた。

といっても、反対にびびるようになってしまったので、相変わらずあまり交流はない。

上級の冒険者や人族の冒険者は元々グレンとも仲が良かったので、これまで通りだ。

今日の依頼は、定番となった獣避櫓の整備だった。

モンスターの増殖でしばらく使いっぱなしだったため、王都から来た専門家によるメンテナンスを行う傍ら、櫓自体のほうも冒険者に整えてもらおうということだった。

街の住民はすっかり慣れきったグレンの無茶苦茶な方法に、今度は王都の専門家が驚くことになるのだった。


仕事を終えたグレンが家へと帰ると、エルアナ、グラシアヌ、チェンシーと三人の美女がいつも出迎えてくれる。

そして代わる代わる、ときには一度に、床をともにすることになるのだった。

「今日は三人で一緒に、ね？」

ベッドの上で、一糸まとわぬ姿のエルアナが同じく裸のグレンにしなだれかかってくる。

細身ながら大きな胸が、むにゅっとグレンの肌に押し当てられた。

「私たちが、たくさん気持ちよくしてさしあげますね」

グラシアヌがその妖艶な身体を見せつけながら、グレンの足にまとわりつく。

「三人がかりで、とろっとろにしてあげる♪」

引き締まった肢体のチェンシーが、うしろからぎゅっと抱きついてきた。

ハリのあるおっぱいが、むぎゅぎゅっと背中に押しつけられる。

裸の美女三人にくっつかれ、人肌の柔らかさに包まれていると、グレンの肉棒もすぐに膨らみ始めた。

「れろっ」

抱きついていたエルアナが、グレンの首筋を舐める。

くすぐったさにぴくりと身体が反応すると、グラシアヌもすかさずグレンの乳首へと舌を伸ばした。

「ぺろっ……ふふっ、ご主人様の乳首、すぐに硬くなってきてますよ？」

「うあ……」

グラシアヌの舌は、飾りのようなグレンの乳首をチロチロと責めたててくる。

舌先を尖らせていじり回され、そのまま押し込むように突き出される。

どうすれば気持ちいいのかわかり尽くしているかのようなその動きは、グレンにも淡い快楽を与えていた。

「じゃああたしはこっちを、れろーっ」

チェンシーはふたりに倣って、グレンへと舌先を伸ばす。

彼女はかがみ込むと、グレンのお腹を舐めていく。

チェンシーの舌が、腹筋にそって蠢いた。

「れおっ、ちゅっ、ぺろっ……」

筋肉にぬるりと舌を這わせるその動きが、くすぐったさを呼び起こす。

ことさらに腹筋が割れていなくても、筋肉の位置を知り尽くしたチェンシーの舌は、しっかりとその筋を舐め回していくのだった。

「んっ、じゃあわたしももっと下に、つーっ」

背中を指先でくすぐりながら、エルアナが下を目指していく。

「ちょっ……ご主人様のここも、硬くなってますね♪」

グラシアヌの手が、全身を舐められて勃起したグレンの肉棒へと伸びる。

柔らかな手が優しく剛直を握り、軽くしごいてきた。

「れろっ、ちゅっ……」

乳首を舐められながらの手コキ。

あちこちにじんわりと広がっていた快感が、直接的な刺激によって、さらに高められていった。

「んぅっ、ちゅっ……れろっ」

チェンシーが腹筋から股間へと下っていく。しごかれている肉棒を通り過ぎて、タマへと舌を伸ばしてきた。

「れろぉっ！　この中に、グレンのザーメンが詰まってるんだよね。れろれろっ」

舌先が陰嚢をなめ回して、精子の生産を促してくる。

ふぐりを舌先で転がされて、竿はグラシアヌにしごかれている。

陰嚢のしわを舌先でなぞられ、肉棒はしっとりした手で擦られていた。

「あむっ！」

「うおっ！」

それを見たエルアナが、ぱくりと肉棒の先端を咥えてきた。

直接的な刺激に、肉竿がびくりと反応する。

「れろっ……ふふっ、やっぱり、こっちのほうが気持ちいい？」

亀頭に舌を這わせてなめ回しながら、エルアナは上目遣いに尋ねる。

首筋とは違う、よりストレートな快感に、グレンは頷いた。

「そりゃあな、うっ」

「ぺろっ。でもご主人様、乳首もだんだん気持ちよくなってきませんか？」

肉棒の根元をしごきながら、乳首を甘噛みしてグラシアヌが聞いてくる。

唇で挟まれた乳首を舌先でつつかれると、なんとも言えないくすぐったさが駆け上ってくるようだった。

それに、今は亀頭、茎、睾丸と性器全体も愛撫されているため、あちこちの気持ちよさが混ざり合っていた。

「せっかく三人もいるので、もっと縦横無尽に責めてみましょうか」

グラシアヌの提案で、彼女たちはそれぞれの担当を入れ替えていく。

チェンシーが肉棒をしごきながら首筋へと舌を這わせると、グラシアヌが亀頭をしゃぶりながら内股をなで回す。

エルアナは睾丸の片方を口内で転がしながら、もう片方を指先で弄んだ。

「うぁ、ぐっ……」

エルアナがグレンの足を跨いで、その柔らかな身体を押しつけてくる。

むにゅりと潰れるおっぱいと、湿り気を帯びた土手がグレンに密着した。

奉仕をしながらも、彼女が感じているのがわかる。

背中に当たるチェンシーの乳首もこりっと背中を刺激していた。

「あむっ、ちゅっ……あちこち移動して、全部気持ちよくして差し上げますね♪」

グラシアヌが言う通り、三人はかわるがわる立ち位置を変えて、グレンの全身をいじり回し、なめ回してきた。だんだんとどこを誰が刺激しているのかも曖昧になってきて、ただ全身を快楽に包まれることになっていく。

そんなグレンを、三人が快感で責めて立ててくる。

「うぁ、そろそろ、んっ」

「ちゅぅっ……れろ、ちゅぶっ！」

いきそうだと伝えようとした口を、キスで塞がれる。

侵入してきた舌に口内を蹂躙されながら、グレンは精液が駆け上ってくるのを感じた。

「あむっ、れろれろぉっ！　ちゅうっ、じゅぶぶぶっ！」

「ん、んんっ！」

同時に、肉棒への刺激が一層強くなり、グレンは耐えきれず精を放った。

どくん、どくんと放出する精液を口内で受け止められていると、一瞬口が亀頭を離れ、すぐにまた包み込まれる。

「ちゅぅぅっ！」

「うあ、ああっ！」

イったばかりのペニスから精液を吸い出すようにされ、解放されたばかりの口から声が漏れ出る。

「あむっ、ちゅっ、れろっ！」

全身を彼女たちの体液で濡らされながら、グレンはただただ快楽を受け止めることしかできなかった。

「ふぅ……あぁ……」

美女三人に包み込まれる幸せな射精を終えると、グレンは身を起こす。

「あんっ♥　さすがご主人様、とっても元気ですね♥」

そう言ったグラシアヌの目は、まだ屹立したままのグレンの股間へと向いていた。

よだれでてかてかと光る肉棒は、雄々しくそそり立っている。

そこを見つめるグラシアヌに、グレンは笑みを浮かべた。

「じゃあ今度は、みんなでグラシアヌを気持ちよくするか」

「はーい」

グレンの言葉に、チェンシーが元気よく返事した。

「ご主人様、あんっ♥」

驚いたような彼女の後ろにエルアナが素早く回り込んで、後ろから押さえつつ、その爆乳を揉みしだいた。

「うらやましいくらいのおっぱいを、たっぷり楽しませてもらうわね」

「ひうっ！　エルアナ様だって十分大き、ひゃう♥」

「そういうのは大きい側が言ってもフォローにならないのよ？」

楽しそうに笑いながら、エルアナが乳首を摘まみあげる。

普段はリードする側のグラシアヌを責めるのに興奮しているようだ。

その間にグレンは彼女の正面に周り、濡れそぼった女陰へと肉棒をあてがった。

「んぁ♥　んあぁぁっ♥　ご主人様のおちんぽ、入ってきますっ！」

「グラシアヌってば、すっごい気持ちよさそうな顔」

後ろから胸を揉むエルアナが、グラシアヌに囁いた。

「あんっ♥　そんな、んぅっ！」

それを聞いて、グラシアヌはさらに羞恥に顔を赤らめる。

「うわっ、グレンのおちんちんが、グラシアヌのおまんこを押し開いていくのがよく見えるね。ぱっくり咥えこんでる」

「あっ、チェンシー、そんなとこ、んぅっ♥」

繋がった場所をまじまじと見られて、グラシアヌが隠そうとする。

しかしその両手はチェンシーに押さえられ、それどころか彼女はさらに顔を寄せる。

チェンシーはグレンがゆっくりと抽送を行う陰唇の、その上でぷくっと膨れた淫芽へと、舌を伸ばした。

「んはぁぁっ♥」

グラシアヌが一際高い声をあげた。

「もう、そんな可愛い声を出されたら、わたしももっと気持ちよくしてあげないとね？　れろっ、ちゅうっ」

「んはぁ♥　ぁ、だめ、んんっ！」

エルアナはグラシアヌの耳を舐め、軽く甘噛みした。

グラシアヌの尖った耳は敏感で、彼女はびくんと体を震わせた。

「はぁ♥　ぁ、んっ♥」

エルアナの舌がそこへ侵入して内側をそろりと舐めていくと、グラシアヌは艶かしく喘ぎながら目をうるませていった。そんな彼女たちをよそに、チェンシーもマイペースにグラシアヌのクリトリスを舌先で責めていく。

「ふたりのえっちな味がする。れろっ、ちゅっほら、グレンのも、れろっはむっ」

「うおっ、それもなかなかかっ……」

「気持ちいい？　じゃあふたりとも気持ちいいように、れろれろれろっ！」

「あぁっ♥　みんな、んはぁ♥　みんなからそんなにされたら、私、おかしくなっちゃいますっ！」

「おかしくなっていいのよ？　かわいいとこ、いっぱい見せてね？」

Sなエルアナの言葉に、グラシアヌが目を閉じる。

ぎゅっと目を閉じたその表情はとてもセクシーで、嗜虐心をそそるものだった。

興奮しているのは彼女も同じようで、蠕動する膣内がまたヒクヒクと動くのをグレンは肉棒で感じた。

「れろっ、ちゅうぅぅっ」

「ひうぅぅっ♥　あ、んはぁっ♥　らめ、イっちゃ……んはぁぁっ！」

三人がかりで責められて、エルアナがびくんと身体を震わせる。

しかし三人の責めは止まず、彼女はさらにあられもない声をあげ続ける。

「んくぅっ！　イって、んはぁっ！　あっあっ♥　だめ、だめですっ！　そんなにあちこち気持ちよくされたら、わからなくなっちゃいますっ♥」

耳とおっぱい、クリトリスと膣内を責められて、グラシアヌが快感の波で溺れる。

三人から一方的に責められて、身を捩って快感に飲まれていくその姿はとても艶かしく背徳的だった。

「んはぁぁあっ♥　あっ、んあぁぁぁっ！　イクッ！　大きいの来ちゃいますっ♥　んぁ、あぁ……イクイクッ」

それを聞いたグレンたちは、おのおのさらに激しく彼女を責め立てた。

エルアナは乳房を握りつつ、乳首を摘まみ上げる。

チェンシーはクリトリスに吸いつき、舌先でその淫芽を押し込んだ。

グレンはズポズポと腰を振り、彼女の最奥を貫いていった。

「ひぐぅっ♥　ああっ、おかひくっ、んあぁぁっ！　らめ、んくぅっ♥　イクッ、イックウゥウウウゥウッ！」

快感で飛んだグラシアヌは、大きく身体を跳ねさせた。

そして同時に、ぶしゅっ、と潮を噴き出した。

透明な液体が彼女のおまんこから吹き出し、絶頂の痙攣に合わせて漏れ出してくる。

「あらあら、グラシアヌってばおもらしなの？」

「ふぁ……♥　すごいいっぱい出たね♪」

「あ、あぁ……だめぇっ……」

エルアナとチェンシーの発言に、彼女は顔を真っ赤にした。

両手で顔を隠すものの、羞恥に身悶えているのが丸わかりだった。

「うぅ……ご主人様、ひどいですっ♥　三人がかりではずかしめるなんて……顔がすごく熱いですっ……！」

「先に三人がかりだったのは、そっちだけどな」

グレンはそう言いながら肉棒を引き抜いた。それにひどいと言ったときの声には、甘さが混じっている。グラシアヌはMの気があるのだろう。

ひとまず解放されたグラシアヌは、けれど気持ちよさと恥ずかしさで横になったまま、顔を隠している。

「グレンにご奉仕するのも好きだけど、グラシアヌを責めるのもとってもいいわね♪」

エルアナが上機嫌にグレンのほうへ来る。いきいきとした様子の彼女は、まだ顔を隠しているグラシアヌをちらりと見た。

「こんなに可愛いんだもの」

「あぅっ」

そう言いながら、そっと彼女のお尻をなで上げた。

エルアナはその様子に満足したようで、今度はグレンのそばへとかがみ込む。

「でもやっぱり……これを入れてもらうのが一番かしら」

そう言いながら、屹立したままの肉棒を握って、四つん這いで上目遣いになった。

「こんなにトロトロになって、えっちなおちんちん。ちゅっ♥」

グラシアヌの愛液に塗れたそこに、エルアナがキスをする。

いやらしく糸をひかせながら、エルアナが少し顔を離し、その液体を舐め取った。

そして肉棒を狙うメスの目で、グレンを見上げる。

「次はわたしね。グレンはどんな体位が、ひぅっ♥」

肉棒を握っていたエルアナが、急にびくんっと身を震わせる。

その刺激にグレンも驚いたが、彼女の後ろを見てすぐに察した。

「次はエルアナ様の番、ですよね？」

「んぁ、ぐ、グラシアヌ!?」

起き上がっていたグラシアヌが素早くエルアナの後ろへと回り、無防備な蜜壺へと指を入れていたのだった。

「エルアナ様のこともたぁーくさん、気持ちよくして差し上げますね？」

「あ、ちょ、んぅっ！」

妖しげな声で言うグラシアヌにエルアナが抵抗しようとするものの、ちゅくちゅくと内側をいじられてうまくいかないようだった。

「この入り口のとこを掻き回されるの、気持ちいいですよね♪」

「あぁっ♥　や、まって、んはぁ」

「エルアナ様の気持ちいいとこ、いーっぱい弄ってあげますね♪」

先ほどとは一転、ドSな笑みを浮かべたグラシアヌが、エルアナのお姫様まんこを細い指先でかき回している。

「んぁ♥　待って、ひぅっ！　なにこれぇっ、んぅっ！　グラシアヌの手で、イッちゃう、んぁ、あぁあっ♥」

女の気持ちいいところを知り尽くしているグラシアヌの愛撫で、エルアナはすぐに高められていってしまう。先程まで男の肉棒をねだっていたおまんこは、エルフの細い指たった一本で情けないほど喘がされていた。その様子を見て、グレンが小さくうなずく。

「グラシアヌがそっちをいじってるなら、俺はこっちかな」

彼は快感で開いたエルアナの口に、猛った肉棒を押し入れた。

「んうっ♥　グレンの大きいの、あふっ……はぁ♥　れろっ、ちゅっ♥」

肉棒を突っ込まれたエルアナは健気にしゃぶりついてきたものの、グラシアヌの手は止まらずに彼女を責め立てる。エルアナの舌は竿、カリ、裏筋とフェラを行っていくが、時折快感のせいで息が漏れ出て、それもまた心地いい刺激となっていた。

「んぁっ♥　あっ、んぅっ……れろ、ちゅ」

くちゅくちゅと湿った蜜壺を掻き回すグラシアヌが、目線でチェンシーに合図をする。頷いたチェンシーは、四つん這いなエルアナの下へと滑り込んで、その巨乳を持ち上げるように揉み始めた。

「んんっ！　ん、ふぁ、んぐっ！　れろ、ちゅぷ♥」

新たな快感に口を離しかけたエルアナに、グレンは腰を突き出してしゃぶらせる。

エルアナは抵抗せずにフェラを続け、ふたりからの責めも受け続けていた。

「指、増やしますね？　それにこっちも、くりっと」

「んぅぅぅぅっ♥　あふっ、グラシアヌ、それは、んぶっ！　んんんっ♥」

指を増やしたグラシアヌは、もう片方の手でクリトリスをいじっていく。

膣穴を掻き回すのとは違う、繊細な指使いがエルアナを高めていった。

「んぅぅっ！　ん、んぶっ、んんっ♥」

肉棒を咥えたままなので言葉にはなっていないが、エルアナが快感の声をあげながら、お尻をくねらせる。

「んー、あたしももっと、なにかできないかなぁ？」

「んんっ！　んっ！」

チェンシーが持ち上げるように胸を揉みつつ、エルアナの乳首を弄り回していく。

彼女もさらにエルアナを感じさせたいみたいだ。

それに対してエルアナが抗議の声らしきものを上げているが、肉棒をしゃぶっているため言葉にはならなかった。

「エルアナ様の乳首を甘噛みしてみるのはどうですか？」

「んーっ！」

「エルアナ、あまり声を出されると、振動して気持ちよすぎるから」

喉の震えが伝わり、びりびりと肉棒を刺激する。

思わず腰を引き気味にしてしまいそうになるが、それだと彼女に余裕ができてしまう。

今は責めるときだ、とグレンは腰に力を込めて、しっかりとそそりたつ剛直を彼女へと突き出していく。

「エルアナ様のおまんこ♥　えっちなお汁をいっぱい垂らしてますね。それにクリちゃんもこんなにいやらしく膨らんでます♪」

「んんっ！　んぐっ、んんんーっ！　……んぶっ、じゅぶっ、れろれろっ！　じゅぶぶぶぶっ！」

「うお、エルアナ、んぅっ！」

イカされかけたエルアナが、今度は逆にグレンを責め始める。

肉棒を舐め回し、吸いつき、唇で刺激する。

「あらあら。こんなにヒクヒクさせて♪　もっといきますよ？」

グラシアヌが両手で激しく、エルアナの蜜壺とクリトリスを責め立てた。

「んっ、んんっ、んんー！」

荒々しいようでいて、ツボをおさえた的確な愛撫。

エルアナは耐えるすべなく、絶頂へと導かれていった。

「エルアナ様、いーっぱいイっちゃってくださいね？」

「んっんっ♥　んぅっ、んぶっ！　ん、ずるっ……じゅぼっ、んぅっ！　ん、じゅぶっ！　んんんんんんーっ！」

「おうっ」

エルアナが絶頂し、体を揺さぶる。

グレンの肉棒は喉のほうまで飲み込まれ、それが引き金となって射精した。

「ん、んんぐっ！　ごくっ！」

出された精液を、エルアナが飲み込んでいく。

尿道に残った分まで吸い出すかのようなバキュームに、グレンの肉竿は何度か跳ねた。

「きゅぽんっ！　んぁ、はぁ、ぁ……♥　ん、ごっくん♪」

射精を終えたグレンが腰を引くと、エルアナも素直に肉棒を放した。

彼女は口の中に残っていた精液を飲み込み、うっとりとグレンを眺める。

「なーんて、まだまだですよ、エルアナ様♪」

「んはぁっ♥」

一段落、といった空気に反して、グラシアヌはまだ手を止めず、エルアナの蜜壺をかき回していく。彼女の細い指に蹂躙され、エルアナのそこはひくひくと淫らに震えていた。

「エルアナ様の可愛いところ、もっといっぱい見せてくださいね」

「やめ、んぅっ♥ イッたばかりだからぁ……♥ あっ、んはぁっ！」

「大丈夫です♪ 連続絶頂、とーっても気持ちいいですよ？」

「あひっ♥ んはぁ、あぁっ！ らめ、イッちゃう、またイッちゃうからぁっ……！ んぅっ、あふっ、あぁ♥」

「うふふ♪」

グラシアヌがエルアナを責めているのを、グレンはぼんやりと眺めていた。

射精直後とあって、ちょっとした脱力感に満ちている。

そんな彼のもとに、エルアナの下から這い出したチェンシーがやってきた。

「ふたりが楽しんでる隙に、あたしがグレンのおちんちん、もらっちゃうね。あたしももう我慢出来ないし♪」

チェンシーは十分に潤ったおまんこをグレンに見せつけながら、体液まみれの肉棒を握り、そっと腰を落としてくるのだった。

四人の夜はまだまだ長く、快楽へと落ちていくのだった。

アフターストーリー　グラシアヌ&チェンシーとの夜

「おかえりなさいませ、ご主人様」

今日も街でクエストを終えたグレンを、グラシアヌが出迎えてくれる。

もうすっかりと慣れた光景だ。

「グレン、おかえり」

先に帰っていたチェンシーも、そう言ってグレンを出迎えた。

強力なモンスターが出ることもなくなったので、最近の彼女は修行を再開させている。

仙人である彼女は、最近魔力についても学習し始め、さらに力を上げている。

炎を出したり風を起こしたりという、いわゆる一般的な魔法は得意ではないようだが、身体強化については着実に使いこなし、これまで以上の速度や力強さを手にいれていた。

そんな彼女たちと夕食をとり、のんびりと風呂に入って部屋に戻る。

襲撃が終わったあとも、グレンが思っていたのとは違い、街の人から彼への扱いは変わらなかった。

街の責任者であるエルアナは、様々な処理や報告、顔出しに忙しくしているが、グレンやグラシアヌ、チェンシーは、もうすっかり元の生活に戻っているのだった。

当然、夜もだ。

反融和派の動きなどを気にしなくなって良くなった分、体力の限界に挑むなんてことも可能になっていた。

そんなわけで、部屋を訪れたふたりはさっそく、ベッドに寝かせたグレンのズボンを脱がし、ふたりして顔を寄せてきていた。

部屋の中には、グラシアヌが手に入れたというお香が焚かれており、どことなく甘い匂いが広がっている。

最初こそ甘さを感じたものの、すぐに気にならなくなってしまった。

お香はもちろん、催淫効果のあるものだ。

「ご主人様のおちんぽに、まずはご挨拶ですね。ちゅっ♥」

「逞しいおちんちんもいいけど、この状態も可愛いよね。あむっ」

まだ小さなままのペニスをチェンシーが頬張った。

温かな口内で転がされると、肉棒はみるみるうちに質量を増していった。

「んぅ、口の中でおちんちん、どんどん大きくなってくる♪」

彼女が楽しそうに言いながら、膨らんできた肉竿を舐め回していった。

「んむっ、れろ……もごっ」

そそり立った肉棒の先端が、頬の内側で擦り上げられる。

つるりと滑るその感触はもちろん、チェンシーの頬に肉棒の形が浮き上がる光景は、グレンを興奮させた。

「では私はこちらを、れろっ」

グラシアヌはその下へと舌を伸ばし、陰嚢をくすぐってきた。

舌先でシワをなぞり上げたり、中のタマを舌に乗せて転がしたりする。

「ふふっ……ご主人様の精液をたくさん作ってもらえるように、ここもしっかり刺激しておきましょうね♪　あむっ」

「おぉ……」

グラシアヌは大きく口を開けると、タマの片方をすっぽりとくわえ込む。

「あむっ、れろれろっ……ちゅぅっ」

口内でころころと転がされ、愛撫される。

竿ほどの性感帯ではないが、十分に気持ちよかった。

「さっそく出してくれてもいいんだよ？　れろっ、じゅるっ、じゅぶぶっ！」

肉棒を咥えていたチェンシーも、より本格的にフェラを始める。

竿の先端をしゃぶり、舌で亀頭を舐め回し、顔を前後に動かしていった。

「んぶっ、じゅるっ……じゅぼっ。れろっ。グレンの硬いおちんちん、あたしの口まんこでいっぱい気持ちよくしてあげる♪」

チェンシーのフェラはストレートに気持ちよさを伝え、射精を促してくる。

「れろっ、ころ、ちゅるっ……♥」

それに対して、グラシアヌのタマ舐めは、いつもとは違う類《たぐい》の快感を引き起こしていた。

「今日もいっぱい出してもらうから、頑張ってね♪」

彼女は片方のタマを口で愛撫しながら、もう片方へは手を伸ばして揉んでくる。

繊細な手付きで陰嚢を揉まれると、くすぐったさ混じりの気持ちよさが湧き上がってくるのだった。

愛撫された陰嚢が活性化して、ぎゅんぎゅんと精子を生み出しているような気がする。

「あむっ、じゅるっ、れろっ……」

「れろれろっ、ころころ、ちゅぅっ……」

竿とタマを同時に責められて、グレンの射精感は増していく。

「おちんちん、太くなってきてるね」

「何回でも気持ちよくなってくださいね？　そのためにこうやって、タマタマをマッサージしているんですから♪」

「じゅる……びくん、ってした。もう少しかな。れろっ、じゅぷっ、じゅぞぞぞっ！」

「うぁっ、出る！」

宣言した瞬間、チェンシーがぐいっと顔を突き出して、肉棒を根本まで咥え込んだ。

喉まで飲み込まれた肉棒に、力がかかる。

「タマがぐいって上がりましたね。れろろっ」

射精準備の整った睾丸を舐められ、押し出されるように精液が吹き出した。

「んぶぅっ！　んぐ、んんっ！」

勢いよく飛び出た精液を喉に当てられたチェンシーは、一瞬むせそうになったものの、そのまましっかりと飲み込んでいく。

「んぐっ、ちゅぅぅっ」

「うぁ……そんなに吸われると、ぐっ」

それどころかバキュームで、尿道に残った精液まで絞り出そうとしてきた。

「んぅっ……ふっ、きゅぽんっ♪」

勢いよく解放されると、肉棒からはチェンシーのよだれが滴った。

グレン自身が出したものは、すべてチェンシーに吸われ尽くしていた。

「ご主人様、次は私のここでご奉仕させてください♪」

そう言いながら、グラシアヌがグレンの目の前で足を開いた。

自らの手で、くぱぁとおまんこを押し広げる。

はしたなく見えてしまっているビラビラ。綺麗なピンク色の膣内が、いやらしくひくひくと蠢いていた。

「まだ触ってもいないのに、こんなに濡れてるんだな」

それを見たグレンが肉棒をそそり立たせながら言うと、グラシアヌはうっとりとした表情を浮かべながら答える。

「はい。ご主人様のタマタマを舐めていたら、期待だけでこんなになっちゃいました♥」

とろりと愛液をこぼしながら言うグラシアヌが、誘うように腰をくねらせる。

グレンは素直に彼女を押し倒すとぐいっと足を広げさせて、その付け根に肉棒をあてがった。

「あんっ♥」

膣口に亀頭がキスをして、ねっとりと女の蜜が絡みついてくる。

そのまま腰を推し進めると、ぬるりとスムーズに挿入できた。

「うぉ……」

しかし、入るのはスムーズでもその膣内はぴっちりとグレンの肉棒を捉えて離さない。

蠢動する膣襞が、太いカリはもちろん、幹の部分まで寄り添って擦り上げてくる。

「あんっ♥　ご主人様、んぅ♥」

軽く前後に腰を動かすだけで、膣襞がうねって絡みついてくる。

「あふっ、ご主人様のおちんぽ♥　私の中をかき回してますっ！」

グレンは軽く体重をかけるようにしながら、ぐっと腰を前へ突き出す。

「んあぁっ♥　あぁっ！」

より深くまで挿入し、そこからゆっくりと引き抜いていった。

動きは緩やかで、ストロークの深い腰振りをしていく。

「んはぁっ♥　あぅ、ご主人様、んっ、あぁっ！」

ずちゅ……ぬちゅっ……と深く突かれ、引き抜かれるたびに襲い来る快楽に、グラシアヌが甘い声をあげる。

グレンの肉棒が奥までぐいっと入ってきたかと思うと、襞をひっかきながら抜けていく。

膣内を犯すその肉竿が、快感の波になって彼女を満たしていくのだった。

「あんっ♥　あっ♥　ご主人様、んっ……もっと、もっといっぱい、私の膣内《なか》、かき回してくださいっ！」

腰を突き上げてくるグラシアヌの子宮口が、ちゅっと肉棒にキスをする。

「んはぁっ♥」

最奥を突かれてエロい声を出す彼女に、グレンの腰使いが自然と荒くなる。

オスとしての欲望に突き動かされ、目の前のメスを孕ませようとしてしまうのだった。

「んあぁぁっ♥　ご主人様、はぁんっ！　あっ、んぅっ」

腰振りに合わせて身体を揺らしながら、彼女が嬌声をあげる。

その声はどんどんと余裕のないものになっていき、彼女の昂ぶりを伝えていた。

「んぁ……あっ♥　ふ、ぅ……く、んっ♥」

「ぐっ、そろそろ出そうだ」

「来てくださいっ。何回でも、んぅっ♥　ご主人様の精液、私の中にっ♥」

グラシアヌが喘ぎながら、グレンを見上げる。

グレンはその膣奥まで肉棒を差し込み、激しくピストンした。

「んぁあっ♥　あっあっ♥　イクッ、イッちゃいますっ。ご主人様、んぅ、あぁぁっ！　んぁ、あぁぁあっ♥」

つぷっと子宮口を突くたびに、膣襞がぎゅっと収縮してきた。

グレンは欲望に突き動かされ、抽送を繰り返していく。

「んあぁぁぁっ！　あっ♥　んぅ、うぅっ！　ご主人様、ご主人様ぁ♥　あっあっ♥　イクッ、イックウゥウウゥウゥウゥッ！」

ドビュッ！　ビュルルルルッ！

彼女の絶頂に合わせて、グレンは勢いよく精を放った。

「あふっ♥　熱いザーメン、いっぱい出てますっ♥」

グラシアヌは喜びの声をあげながら、精液を搾り取っていく。

「あふっ……お腹の中、ご主人様の精液でいっぱいです♥」

膣襞をうねらせながら、グラシアヌは幸せそうに言うのだった。

「あぅっ♥」

肉棒を引き抜くと、彼女はそのまま仰向けに横たわった。

グラシアヌのフェロモンとお香の混じった臭いが、グレンの鼻へと届く。

「じゃ、次はあたしねっ」

グレンの肉竿は休む暇もなく、チェンシーに握られてしまった。

「えいっ」

グレンを押し倒したチェンシーは、そのままグレンの腰に乗った。

「これだけどろどろになってたら、あたしのほうが濡れてなくてもつるって入りそうだよね。見た目も匂いもすっごいえっち♥」

そしてそのまま、肉棒を蜜壺へと収めてしまう。

ぬるんっ、とあっさり挿入できたのは、チェンシーのおまんこももう十分に濡れてほぐれていたからだった。

「もしかして、グラシアヌとしてるの見ながら、ひとりでいじってた？」

グレンが尋ねると、チェンシーは笑顔を浮かべるだけで質問には答えずに、ずんっと腰を深く落とした。

「んぁぁっ♥　おちんちん一気に奥まで来るの、やっぱすごいよぉ♥」

チェンシーがそう言いながら、グレンのお腹へと手をつく。

細い手がグレンの腹筋をていねいに撫でていた。

「チェンシーは、腹筋が好きなのか？　俺のは割れてないし、面白くないと思うが……」

以前も、彼女が腹筋に興味を示したのを思い出して、尋ねてみた。

「んー、確かに筋肉触るのは好きだけど、別にマッチョが好きなわけじゃないかな。なんだろう、グレンの身体は、あたしとは違うんだなって思うっていうか」

そう言いながら、彼女の手は腹筋を撫で続けている。

腰は緩やかに前後するだけだったが、それでも膣襞が吸いついてきて、十分に気持ちがいい。

「だから、肩とか背中を撫でるのも好きだよ。やっぱ肩幅広いなって感じるし、背中とか胸にぎゅーってすると、なんか安心するの」

「そうか。まあ、好きに触ってくれていいんだけどな」

「うんっ」

チェンシーはお腹に手をついたまま、腰を前後に動かし、時折円を書くように動かした。

根本まで引っ張られるように刺激され、快感がじっくりと蓄積していく。

「んはぁあ♥　あぅ……んっ♥」

チェンシーの腰はなめらかに動き、蜜壺の快感を送り込んできた。

射精を促すのとは違う、ただただ気持ちよさだけを求めた淫らな腰使い。

「あぁ……♥　グレンのおちんちんに、あたしのおまんこ、広げられちゃってるぅっ♥」

グラインドによって当たる角度が変わるため、様々な刺激が肉棒へと送り込まれてくる。

それは、あちこちを擦り上げられるチェンシーのほうも同じだろう。

「んぁ♥　あっ、ふぅっ……♥」

ねっとりと気持ちよさを高めながら、チェンシーが腰を動かし続ける。

気持ちよく、それでいて焦らされているかのような快楽。

「んはぁっ♥　あっ、あぁ♥　ずっとこうしてたいけど、やっぱ我慢できないや……。そろそろ、本格的に動くね？」

そう宣言したチェンシーはグレンの返事をまたずに、腰の動きをグラインドから上下のピストンへと変えた。

「んはぁっ♥　あぁっ！　やっぱ、こうやってずぼずぼするの、すごいよぉっ！」

彼女の腰は最初から激しく動き、肉棒を搾り取るかのように蠢いていた。

膣襞がこすれるたびに走る快感。

「んあぁぁっ♥　あっあっ！　グレン、んんぅっ、あああぁあっ♥」

激しい腰使いのために、チェンシーの下半身には力が入っている。

その影響で彼女の膣内はぎゅっと締り、狭いくらいだ。

脱力した状態だと馴染んでいる彼女のおまんこは、力を入れた途端にキツキツの処女のようになってしまう。

「んぅっ♥　くっ、んあぁぁっ！」

「ぐぅ……」

ゾリゾリと擦り上げられる快楽の波に、思わずグレンの声が漏れる。

それを見たチェンシーは、妖しげな笑みを浮かべた。

揺れる巨乳越しの妖艶な顔もまた、グレンを興奮させていく。

「んはあっ♥　あっあっ♥　グレンのおちんちん、あたしのおまんこでいっぱい、ぎゅーってしちゃうからね♪」

「うぐっ！」

エロい光景に目を奪われるも、肉棒に送り込まれる快感でスパークしてしまう。

すでに複数回出しているにもかかわらず、睾丸はぎゅんぎゅんと精子増産体制にはいっているようだった。

「んぁっ♥　あっ、んぅっ！　あっ、やっ、イッちゃうっ、んぅ、あたしのほうが、先に……んはぁっ♥」

責めている側のチェンシーが切なそうな声をあげる。そして一瞬、腰の振りが緩やかになった……かと思えば、そこからさらに加速していった。

「んぁっ♥　あっあっ♥　腰、止まらないよぉ……。グレンのおちんちん、気持ちよすぎて、んあぁっ♥　自分で、制御できない♥」

身体能力が高いチェンシーの腰振りは速い。

その速度と力強さは、大きな快楽となって襲いかかってくるのだった。

「なあぁっぁぁっ♥　イクッ、イクイクッ、イッちゃう。らめ、んぁ♥　あっあっ♥　んくぅぅうぅぅっ♥」

ビクビクンッ！　と身体をのけぞらせて、チェンシーが絶頂する。

彼女はそのまま快感に沈み込もうとしたが、その腰をグレンが掴んだ。

「俺はもうちょっとだから、このままいくぞ」

「え？　あっ、待って、今はダメ、んあぁぁっ♥」

そしてくるりと身体をひっくり返すと、組み敷いたチェンシーにずちゅにちゅパンパン！　と腰を打ちつけていくグレン。

「んぁお♥　あふっ、らめっ、んぁぁっ♥　絶頂おまんこ♥　気持ちよすぎて、おかしくなっちゃうからぁ♥」

そんな彼女の言葉に反応して、グレンはさらに荒々しい腰振りをしてしまう。

気持ちよさに蹂躙される膣襞は、貪欲に肉棒に絡みついて蠢動する。

「んぁあっ♥　あっ♥　ふぁぁぁっ♥　またイクッ！　連続で、んあぁぁぁぁっ！」

ぎゅうぅっと収縮する膣道の奥に、グレンは肉棒をねじ込んでいった。

「あふふふぅぅっ♥　んあぁぁっ！　んくぅぅぅっ♥」

嬌声を上げるチェンシーは、両足をぐいっとグレンの腰へと絡みつかせ、だいしゅきホールドをきめてきた。引き寄せられた腰が彼女の最奥まで届き、それと同時に限界を迎える。

ビュルルルルッ！　ドビュッ、ビュクビュクンッ！

「んぁぁぁぁああぁっ♥　あぁっ♥　んぁっ！　出てるっ♥　ザーメン、あたしの中にすっごい出てるよぉっ♥」

連続絶頂からの中出しで、チェンシーが大げさなほど身体を震わせた。

その間も、足はしっかりとグレンの体をホールドして逃がさない。

グレンはその締めつけまんこの中に、たっぷりと精液を注ぎ込んでいった。

「んはぁっ♥　あっ、あぁっ……♥」

脱力したチェンシーがようやく足を緩めて、グレンを解放した。

「うぅ……ん、くぅっ……♥」

肉棒が引き抜かれると、こぽぉっと混じり合った体液が溢れ出してきた。

「んぁ、あぅ……グラシアヌのマッサージで、元気になりすぎだよぉ……」

快感で腰の抜けてしまった彼女は、そのままベッドに横になった。

「すごいですね、ご主人様♥　私もあのくらいめちゃくちゃにされたいですっ♪」

起き上がってきたグラシアヌが、グレンの肉棒へと手を添える。

「まだまだ元気な精子がたくさんいそうですね♪」

そして陰嚢の重さを確かめるように、たぷたぷと持ち上げてくる。

「ああ。それじゃ、グラシアヌもたくさん乱れさせてやるからな」

「はいっ♥」

「よし、じゃあ今度は四つん這いだ」

「あんっ♥　後ろから獣みたいに犯される、興奮しますっ♥」

グラシアヌはすぐさま四つん這いになって、お尻を高く突き出してきた。

「すごいな、洪水みたいだ」

「あんっ♥　ご主人様、んっ、そんな、ぅんっ！　指でなぞるだけなんて、意地悪ですっ♥　んっ、んあぁぁっ♥」

「十分感じてるみたいだけどな」

トロトロの愛液は、先程の精液と混ざったせいなのか、あまりにも濃い本気汁なのかもわからないほどだった。すっかりと熟れて男を誘うその花弁を、グレンは肉棒で貫いた。

「んぁぁぁっ♥」

グレンたちは体力が尽きるまで、長い夜を過ごしたのだった。

アフターストーリー2　エルアナとの休日

グレンたちの手によって襲撃が防がれてから数ヶ月。

危機を乗り越えたこと、反融和派が壊滅したことで人族と魔族の交流はこれまで以上に上手くいき、その話が外へも広がっていた。

この成功によって、王国の一般市民たちや魔族も融和へと傾いていき、交流を行うための街をさらに増やしていこうという流れになっている。

力による上意下達が一般的な魔族と違って、人族は様々な印象や共感が大切だ。

そんなわけで、グレンと親しく、両属融和の象徴でもあるエルアナは、ここ最近忙しくしていた。

そんな彼女のひさしぶりの休みの日。

いつもと違ってゆったりと起きて食事を終えた彼女が、グレンの部屋を訪れた。

久々の休日だということで、彼女の希望に合わせ、グレンは予定を空けていた。

出かける話もあったのだが、それよりも家で一緒にいたいということだった。

「うー、こうやってグレンと一緒に過ごすのも、久しぶりな気がする」

ベッドに座ったグレンにぎゅっと抱きつきながら、エルアナが言った。

忙しくなったこともあり、エルアナは元々暮らしていた、街の中心にある役人用の施設に泊まり込むことが多い。

時間を作ってこちらへも来るものの、べったりだったかつてに比べれば、一緒にいる時間はかなり少なくなっていた。

その分をちょっとでも取り戻すかのように、エルアナはグレンに抱きついている。

「大事な時なのはわかるけど、グレン成分が不足しちゃうもの」

いつもより甘えん坊な彼女を、グレンは優しく撫でる。

寄せられる身体は心地良いが、それ以上に彼女をねぎらう気持ちが強かった。

のだが。

「あぅ……それに、こっちもかなり我慢してるし」

そう言いながら、エルアナの手はグレンの股間へと伸びた。

まだ反応していないそこを、さわさわとなで回していく。

「あっ♥　グレンもやる気になってきてる♪」

「そりゃ、エルアナの手にそうやっていじり回されたら、な」

膨らんで主張を始める肉棒に、エルアナは嬉しそうな声をあげた。

そして彼のズボンと下着に手を掛け、下半身を露出させる。

「あはっ♪　グレンのおちんちん、久しぶり♪」

「うおっ……」

いきなり掌で亀頭をなで回されて、グレンが思わず声をあげる。

その間にもエルアナは肉棒を興奮気味になで回していた。

彼女の目はすっかりと潤み、欲求不満な女の顔になっていた。

「はぁ……♥　んっ、こんなの、触ってるだけで疼いてきちゃう♥」

「確かめてみようか」

「ひゃんっ♥」

グレンはスカートの中に手を入れて、下着越しのクレバスをなぞった。

彼女の赤い顔と言葉通りに、そこはもう湿り気を帯びており、下着を濡らしている。

「本当だ。ほら、くちゅっ、っていやらしい音がする」

「あんっ。グレンのおちんちんだって、こんなにいやらしく勃起してるじゃない♪」

指先で鈴口をくすぐられると、我慢汁があふれ出してくる。

エルアナは爪で、優しく裏筋のあたりをひっかいた。

痛気持ちいいその刺激に軽く身を揺すると、エルアナはうれしそうに彼を見て言った。

「ほら、グレンもえっちなお汁、出しちゃってる♪」

「そうだな」

「やんっ♥」

グレンが身体の向きを変えて、エルアナをベッドへと押し倒した。

彼女の服が乱れて、元々大きめにあいている胸元が、きわどいほどになる。

グレンはすかさずその双丘へと手を伸ばした。

「あっ、んっ……グレンの手、やっぱり大きいね」

「誰と比べて？　忙しい間も、自分で揉んでたのか？」

「んっ……だって、疼いちゃうから、んぁっ♥」

はだけさせて、その巨乳を揉みし抱く。

柔らかく魅力的な乳房が、形を変えながら指を受け止めた。

自分でも慰めているというそのおっぱいは、確かに誰でもずっと揉んでいたくなるような柔らかさだ。

「言ってくれれば、駆けつけるのに」

「あんっ♥　だってグレンとえっちしたら、一回じゃ終わらないじゃない。そんな時間と体力、さすがにないもの、んぅっ♥」

尖ってきた乳首を掌で転がすと、エルアナがあられもない声をあげる。

「んぅっ♥　ほらぁ、言ってるそばからそうやって、すっごいえっちな触り方ばかりするし、んぅっ♥」

「今日はご期待に応えて、たくさんするからな」

「うんっ。ここ最近我慢してた分、いっぱいしてっ！」

グレンは片手を下へと伸ばしていく。

スカートの下から手を差し込み、先程も触れたクレバスへ。

今度は下着をずらして、その蜜を溢れさせる陰唇に直接触れた。

しっとりふにっとした感触。

「あうっ♥」

まずはそのまま、割れ目を優しくなで回していく。

うるみを帯びた陰裂を、丁寧に往復した。

「あっ……ふ、んっ……♥　あぁ……！　グレン、ね、もっと……ひぅぅっ♥」

彼女のおねだりに合わせて、いやらしく膨らんだ淫芽を指でくりっと刺激する。

直接的な刺激に、エルアナの口から嬌声が漏れ、じわっと愛液があふれ出してきた。

その割れ目を押し広げると、中からさらに愛液がこぼれ出てくる。

「本当に溜ってるみたいだな」

「あんっ！　そんなの決まってるじゃない。ずっとお預けみたいなものだったんだからぁ♥」

そう言いながら、彼女は手を伸ばして、下半身丸出しであるグレンの肉棒を握った。

「これ、グレンのおちんちん、ずって入れてほしかったの」

普段よりいやらしく求めてくるエルアナに、グレンは頷いた。

そしてエルアナに足を広げさせると、腰を前へと押し出していく。

「んぁ！　あぁ……♥」

肉棒で割れ目を擦り上げ、愛液を塗りたくっていく。

「あぅっ、そんなふうに焦らすのずるいわよっ……あぅ」

「もう準備できてるみたいだし、すぐにいれるよ」

肉棒が膣内に入るかどうか、というところで、エルアナが自ら腰を突き出した。

「んはぁぁあっ♥」

ぬぷり、と一気にペニスを飲み込んで、エルアナが声をあげる。

グレンのほうも予想外の快感に包まれ、その肉棒を跳ねさせた。

「そんな目で見ないでよ。グレンのおちんちん、ちょっとでも早く欲しかったから、んぁっ♥　はぁ、んっ！」

「そんなに待ちきれないなら、もうガンガンいかないとなっ！」

「ひうっ！　あっあっ♥　んはぁっぁっ！　いきなり、そんなに突いちゃだめぇっ！　あっ、すぐ、すぐイっちゃうからぁ♥」

挿入直後にもかかわらず、グレンは激しく腰を打ちつけて、彼女の蜜壺を蹂躙していった。

じゅぶじゅぶと卑猥な音を立てながら、欲求不満おまんこを掻き回していく。

「んはぁっ……！　あっ、グレンのおちんちん♥　ズブズブって奥まで突いてきてるぅ♥」

震える膣襞が肉棒へと絡みつき、快楽を貪ろうとする。

きゅうきゅうと吸いついてくるその襞をカリでかき分ける度に、膣全体が喜んでいるのが伝わってきた。

「あうぅっ♥　あっ、ダメ、もういっちゃ、んはっぁぁっ！」

エルアナの嬌声が一段高くなり、膣襞もよりきつく締め上げてくる。

グレンは往復の速度を速めて、彼女の中をかき回した。

「あああぁぁぁああっ！　おちんちん♥　グレンのおちんちん、やっぱりすごいよぉ！　んはぁっ♥　あぁ……はぁ、あ、んあぁぁぁぁっ！」

エルアナが絶頂して、身体をのけ反らせた。

膣内もさらに収縮し、精子を要求してくる。

グレンはその快感に耐えながら、さらに腰を往復させ続けた。

「んはぁぁっ♥　あっあっ♥　だめぇ……今、イってるからぁっ♥　そんなに突かれたら♥　あっ……んぁぁっ！」

「今日は何度でもイっていいからな。そのための休みなんだろ？」

「そうだけどぉ♥　あっ、んはぁっ！　そんなにされたら、身体が持たないわよ、んぁ！　あっ、んうぅっ♥」

そんなエルアナの抗議とは裏腹に、身体のほうはもっともっとと求めてくる。

グレンの背中に回された彼女の腕には力がこもり、ピストンに合わせて腰を突き上げてくる。

蠕動する膣襞に搾り取られながら、グレンは腰を振っていった。

「んはぁっ……あぁ……んぁぁぁっ♥　グレンのおちんちんに、イったばっかかの膣内をかき回されて、んはぁぁっ！」

嬌声とともに、彼女の身体に力が入っていく。

「んぅっ！　あふ、あっ♥　ああ……！」

「エルアナ、そろそろっ……！」

「来てっ。わたしの中に、グレンの熱いの、いっぱいだしてぇっ！」

射精感がこみ上げてきて、グレンはさらに腰を激しく打ちつける。

エルアナのほうも再び絶頂が近いようで、その顔をはしたなく緩ませている。

そして膣襞が絡みついてくるのに合わせ、彼女自身も抱きついてくる。

精液を逃さないように、腰を密着させていた。

腰同士がぴっちりと合わさり、先端が彼女の子宮口にキスをした瞬間。

ドビュッ！　ビュククッ、ビュルルルルルルッ！

その状態で、グレンは精を放つ。

「んはぁぁぁぁあぁっ！　グレンのザーメン、わたしの奥にびゅるびゅるきてるっ♥　あふぅっ！

中出しで、イッちゃうッ！」

再び絶頂したエルアナが高い声をあげる。

グレンを抱きしめる手にも力がこもり、さらに密着度が増していく。

隙間などないくらいピッタリとくっついたまま、ぎゅっと収縮する膣襞に精液をしっかりと搾り取られていった。

「はぁ、はぁ……あぅ……」

息を整えるエルアナの足から、力が抜けていく。

「んぁ♥」

グレンが腰を引くとカリが膣襞に引っかかって快感を呼び、まだ落ち着いていない彼女が甘い声を漏らした。

「グレンの精液、奥まで直接届いたね」

そう言いながら、子宮のある辺りをさすった。

「そうだな。しっかり密着していたしな」

「あう……グレンのここも、まだまだ元気だね」

エルアナは、ふたりの体液でドロドロになってる肉棒を、軽くしごきあげる。

にちゅにちゅといやらしい音がして、エルアナはうっとりと表情を緩ませた。

「こんな元気なおちんぽ見せられたら、んっ♥　すぐにでもしたくなっちゃう♪」

そう言って、エルアナはグレンと体を入れ替えて、彼に覆い被さる。

「バッキバキのおちんちん、わたしもいっぱい気持ちよくしてね」

彼女は軽く腰を上げると、肉棒を自らの入り口へと導いた。

そして仰向けのグレンと身体を合わせる。

寝そべったままつながると、その巨乳がグレンの胸板でむにゅりと潰れる。

柔らかなおっぱいの先っぽに、コリコリとした乳首が感じられた。

「あふっ、ん、あっ♥」

巨乳をむぎゅぎゅっと押しつけながら、エルアナが腰を下ろす。

膣襞が肉棒を絡め取って蠢いた。

「こうやって重なると、全身でグレンを感じられるね。んーっ♥」

身体の前側同士をぴったりと合わせながら、エルアナはグレンの首元に顔を埋める。

彼女の熱くしっとりとした肌と、発情した女のフェロモンがグレンを包み込んでいった。

肉棒も、蠢動する膣内に包み込まれている。

「あふっ♥　グレンのおちんちん、すっごい硬い」

軽く腰を上下に振りながら、エルアナが耳の近くでささやく。

「ほら……わたしの膣内を、ぐいぐい押し広げてる。おまんこの中、グレンの形にされちゃってる……♥」

腰の動きは緩やかだが、膣襞のほうは激しくうねり、肉竿を刺激し続ける。

「はぅ、うっ……騎乗位もいいけど、こうやって密着しながらグレンを犯してるのも、すっごく興奮するわね……♥」

「エルアナはたまにSっぽいよな」

「そうかも、んっ♥」

エルアナはそう言いながら、腰遣いを速くしていく。

それは犯すと言った彼女の言葉通り、自らの快感を高めていくための行為だった。

「ふふっ……♥　こうやって、角度とか変えながら、んぁぁぁっ♥」

肉棒の当たり方が変わると、エルアナがビクンと身体をはねさせた。

「んはぁっ、あっ、グレンのおちんちん、わたしの気持ちいいところ、ぐりぐりあたってる……♥

ここ、すごく、ああっ！」

いいところを見つけたのか、彼女の腰使いが変わり、膣内の同じところにぐりぐりと肉棒を当て始める。

「エルアナは、ここが弱いのか。それっ」

「んあぁぁぁっ♥　あっあっ♥　だめ、だめぇっ♥　そこ、強くされると、んはぁぁっ♥　おかしくなっちゃうからぁっ！」

エルアナが腰を浮かせて逃げようとしたので、グレンはハリのあるお尻を押さえ込んで、逃がさないようにした。

「ひうぅぅっ！　あぁっ、んはぁっ♥」

ぐいっとお尻を下げられて、肉棒が彼女の奥まで貫いた。

逃げようとしたところに来た予想外の刺激に、エルアナのおまんこが喜びの悲鳴をあげる。

「あぅ、んぁ♥　あぁっ……おちんぽ、おちんぽが奥まで来てるぅっ♥」

グレンはそのまま、身体全体をズリズリと動かした。

「ひうっ、あぁ……♥」

膣内で当たる角度が変わり、エルアナが快感に吐息を漏らす。

彼女は切なげな表情で、すぐそばにあるグレンを見つめた。

その顔はすっかりとろけきっており、淫らなメスになっていた。

「エルアナ、ほらっ」

「んっ、ちゅっ……」

グレンはその顔を抱き寄せ、キスをする。

「んっ♥　れろっ、ちゅっ……」

そのまま、彼女と舌を絡める。

ざらついた舌が心地よくこすれ合い、ぴちゃぴちゃと下品な水音が響く。

「ちゅう♥　れろっ、ん、んんっ！」

グレンは再び手を彼女のお尻へと回し、今度は勢いよく腰を突き上げた。

「んぅっ、ん、んんっ♥　ぷぁ、あぁっ♥　グレン、んぅぅうぅっ♥」

快感に突き上げられた顔を離したエルアナは、しかし言葉を続けられず、快感の波へと飲み込まれていった。

「んあぁあっ♥　あっあっ♥　んくぅうっ！　グレン、んぁ、あぁっ♥　わたし、そんなにされたら、イっちゃう！」

そんな彼女に微笑みかけると、グレンはその肉棒で膣内を犯していった。

「んはぁあっ！　あっ、イクッ、おちんぽで突き上げられて、んぁ♥　イクイクッ！　んあぁぁぁあぁあぁあっ♥」

ぎゅっとグレンにしがみつきながら、エルアナが再び絶頂する。

「んはぁっ、あっあっ♥」

途切れ途切れに息を漏らしながら、それでも膣内はしっかりと肉棒を捉え続け、快感を受け取っていた。

「あぁ♥　グレン、んぅ……」

彼女はそのまま、グレンの胸元に顔を埋める。

その頭を、グレンが優しく撫でた。

エルアナは気持ちよさそうな顔で、されるがままになっていた。

どことなく穏やかな空気が流れる。

しかし程なくして、またエルアナがもぞもぞと動き出した。

貪欲な彼女に、グレンが優しく尋ねる。

「今日はもっと、たくさん甘えるんだろ？」

「うんっ♥」

そして、まだまだふたりの夜は続いていくのだった。


それからしばらくして。

グレンの元に、リブロジニア王から親書が届いた。

王は彼の活躍と街の繁栄を存分に褒め称え、改めてエルアナとの婚姻を願うと共に、両族の発展を約束してくれたのだった。

もちろん、グレンは望むままに、このまま気ままに生きて良いという言葉と共に。

あとがき

初めまして、もしくはお久しぶりです。大石ねがいと申します。このたびは拙作をお手にとっていただき、ありがとうございます。

前回から大変時間が空いてしまいましたが、今回の作品は一冊完結の書き下ろしとなっております。

紆余曲折ありましたが、いろんな方に支えていただき、こうして出版させていただくことができました。

どうにか出すことができて一安心、という感じです。

先については未定ですが、もし新作を見かけることがありましたら、ぜひとも応援していただければ幸いです。


本作の内容ですが、圧倒的な力をもっていた魔王がその地位を離れ、スローライフを送る、というものになっています。

元魔王ではありますが、開始時点で世界はとうに平和になっており、人間と共同の街を作る、という状況になっています。

幼馴染みでもあるお姫様や、仕えてくれることになったエルフメイド、旅の武道家娘たちとのハーレムライフを気軽に楽しんでもらえると嬉しいです。

本書最大の売りは、表紙を見ていただければお分かりの通り、黄ばんだごはん様の素敵なイラストです。

大胆にあいた胸元には思わず目を奪われてしまいます。

どのキャラも素敵だったのですが、個人的には特にグラシアヌがかわいいです。

本文ではエロエロな彼女ですが、見た目がこんなにかわいらしいとなると、ギャップでさらにエロく感じられますね。


それでは謝辞に参りたいと思います。

この作品を一緒に作ってくださった担当様、誠にありがとうございます。様々な面で助けていただきました。

今回のイラストを担当してくださいました、黄ばんだごはん様。拙作を素敵なイラストで彩っていただき、ありがとうございます。

前作、前々作を応援してくださった皆様、ありがとうございます。皆様のおかげで、こうしてまた本を出すことができました。

最後に、ここまで読んでくださった読者の方々。少しでも楽しんでいただけたのなら嬉しく思います。

紙面も尽きたようですので、ここまで。ありがとうございました！

二〇二〇年九月　大石ねがい

キングノベルス

庶民魔王《しょみんまおう》は隠《かく》しきれない実力者《じつりょくしゃ》！
～目立《めだ》たないように努力《どりょく》したけど強《つよ》すぎてモテモテになりました～

2020年 10月 30日　初版第１刷 発行

■著　　者　　大石ねがい
■イラスト　　黄ばんだごはん

発行人：久保田裕
発行元：株式会社パラダイム
〒166-0004
東京都杉並区阿佐谷南1-36-4
三幸ビル4A
TEL 03-5306-6921
印刷所：中央精版印刷株式会社

KN083

KiNG novels
異世界で魅了チートを使って奴隷ハーレムつくってみた
来て来て！こんな世界もあるんだよ！
大石ねがい
illust:もねてぃ
騎士団の女たちを従え、覇道を歩み始めるリュウ。次々と魅了の力で従えて、美女のすべて手に入れていく。目指すのは……世界平和！なのだけど。